VICTOR MOREAU

I0673615

HISTOIRES MACABRES

Éditions Songs of Asgard

Sur l'auteur

Disposant d'un Master en littérature anglophone, Victor Moreau est un auteur de Fantasy, SF et horreur. D'abord publié dans le webzine "L'Imaginarius" pour ses nouvelles, il s'attaque ensuite au roman afin de se libérer de toutes les choses qui le révoltent, le dégoutent, le mettent en colère, mais aussi qui l'émerveillent ou lui redonnent espoir.

Couverture par Derek Murphy.
http://www.creativindie.com/

Correction : Évalie Safranic

ISBN 978-2-9552395-7-5

TABLE DES MATIERES

LE BAL

– Miroir, mon beau miroir, dis-moi qui est la plus belle.

– C'est vous, bien sûr ! entendait-elle le miroir répondre galamment.

Elle se préparait pour ce soir. Le miroir ne mentait pas; elle brossa ses longs cheveux d'or et de cuivre; souligna de noir son regard bleu azur, profond comme l'océan, pailleté des étoiles d'un soir hivernal; recouvrit de pourpre ses lèvres délicates, finement ourlées, faites pour être baisées; saupoudra d'une teinte lilas ses pommettes aristocratiques, rondes et hautes.

Elle pensait au bal de ce soir. Toutes les jeunes gens y seraient, et il y aurait certainement de jeunes hommes beaux et riches, en quête de jeunes femmes, sinon riches du moins belles, à épouser. Elle passa en revue ses différents artifices de charme:

– Bonsoir... (Regard timide en coin, joues légèrement empourprées)

– Bonsoir... (Regard direct et provocateur, chaud des délices qu'il suggérait)

– Bonsoir... (Regard chaleureux empreint de bonté, et des promesses du bonheur à venir)

Elle adapterait son attitude en fonction du gentilhomme; une révérence polie et gracieuse; sa main posée nonchalamment sur un bras viril, tandis qu'elle rirait d'un trait d'esprit; regards intermittents, timides mais emplis de suggestions. Elle vérifia sa complexion: Tout était parfait. Elle ajusta les manches de sa robe pourpre et lavande; sertit sa poitrine bien comme il faut dans son décolleté stratégique; enfila ses jolies chaussures à boucles, celles qui lui donnaient une démarche si altière.

– Je me demande comment il sera, se dit-elle. Grand ? Blond ? Ou châtain peut-être ? En tout cas il serait riche, et beau, et bientôt dans ses bras. Elle eut soudain l'impression d'oublier quelque chose, quelque chose d'important. Qu'était-ce donc ? Bah, peu importait ! Son futur homme, donc... Ah si ! Cela lui revenait ! Ah non, en fait... Le souvenir lui échappait, comme appartenant à quelqu'un d'autre. Cela semblait important, tout de même... Puis, de guerre lasse, ses pensées vagabondèrent de nouveau vers son futur. Elle se voyait dans une grande maison, un château peut-être, avec son mari, (pour l'instant) sans visage. Des enfants plus tard, aussi. Les domestiques l'aideraient à descendre de cheval après qu'elle fût revenue d'une promenade dans le domaine. Les dîners seraient copieux (pas comme alors), éclairés aux chandelles. Elle prendrait des bains de pétales de rose et se vêtirait des soies les plus fines d'orient. En hiver, ils regarderaient ensemble tomber la neige, au chaud près de l'âtre. En été, ils courraient pieds nus dans l'herbe, sous la chaleur du soleil et le chant des rouges-gorges. Comme elle avait hâte d'être à demain, à l'aube de sa vie future ! Bientôt, finies la poussière et la crasse; fini le ventre qui gronde, protestant contre une aussi maigre pitance. Adieu les maladies qui emportaient tant de jolies jeunes filles de la campagne avant leur heure.

Elle était prête à partir. Elle demanda une dernière fois à son miroir qui était la plus belle. Et le miroir de lui répondre, de sa voix sans timbre: – C'est vous, très chère ! Un cheveu dépassait. Elle prit la brosse et se repeigna, admirant son si joli minois, sa complexion parfaite et sa chevelure d'or, tandis qu'à son insu, le miroir renvoyait traîtreusement l'image d'une main décharnée, tenant une brosse qui peignait quelques longs filaments filasses sur un crâne luisant aux orbites vides, noires comme le noir de la nuit, et au rictus toujours souriant, sans jamais sourire.

Et de l'autre côté du miroir, une jeune femme chantait doucement, tout en rêvant à la vie:

– Ce soir je serai la plus belle pour aller danser... »

ETERNELLE

NEMESIS

Ils avaient été mariés sept ans. Ils s'étaient connus à la fac. Lui avait à l'époque vingt-cinq ans, elle vingt-quatre. Ils s'étaient fréquentés, rapprochés. De plus en plus. Sorties au cinéma, virées en voiture, à la plage, soirées télé. Ils étaient sortis ensemble. Monsieur Populaire avec Mademoiselle Bombe. À la fac, tout le monde l'avait vu venir. Un apollon plein aux as rencontre une vénus esseulée. Quelle conséquence plus logique qu'une belle histoire en perspective ? Ils étaient très amoureux, le couple parfait aux yeux de tout le monde. Ils sortaient ensemble depuis cinq ans lorsqu'ils se marièrent. Finis ses problèmes d'argent; issue d'un milieu modeste, elle et sa famille avaient dû faire d'énormes sacrifices pour qu'elle puisse étudier décemment. Mais maintenant tout irait mieux.

Sur l'autel elle lui avait promis – jusqu'à ce que la mort nous sépare. Au lit elle avait promis bien plus.

– Je serais à toi pour toujours, mon amour.

Il sourit.

Et voilà qu'à trente-sept ans seulement elle l'enterrait. Et le jour de leur anniversaire de mariage ! Crise cardiaque, avaient dit les médecins. Maladie congénitale. Il prenait des médicaments depuis plusieurs années, mais cela ne fit que retarder l'échéance. La veuve était sobre, ce jour-là. Robe noire, fichu noir, lunettes noires. On voyait une ou deux larmes couler sur ses joues. Elle prononça quelques mots en l'honneur du défunt. Tout dans la sobriété. Chacun apprécia. Johnny n'aurait pas aimé qu'on verse des torrents de larmes ni qu'on lui fasse une oraison pendant des heures. Elle lui fit un dernier adieu avant de remonter dans sa berline noire. De retourner à leur grande et belle villa. Seule.

Le frère de Johnny lui rendit visite le lendemain. Il était de tout cœur avec elle. Il était là en cas de besoin. Elle lui répondit qu'elle allait faire aller, que la vie devait continuer son cours. Larme à l'appui. Il admira son courage et sa force de caractère. Elle le serra dans ses bras, le remerciant, pleurant cette fois à chaudes larmes.

Un an s'écoula. Elle reconstruisait son existence sans Johnny, s'efforçant de ne plus penser à ce sombre jour où…

Elle jouissait de la vie, ne se refusant rien. Casino, soirées, virées, drogues et nombreux amants. Tout était bon pour oublier sa vie passée, oublier ce…

Après tout, elle disposait de l'argent de son mari. De la maison. Des deux voitures. D'un paquet d'argent suffisant pour mener une vie de luxe sans se soucier de rien. D'une liberté totale. Et de nombreuses années.

* * *

Par un beau soir d'été, elle rentra chez elle passablement éméchée. Elle se demanda quel jour on pouvait bien être, sa notion du temps complètement décalée après des nuits et des nuits de fête, de jeu et de luxure.

Le 15 juillet.

Cela lui sauta aux yeux comme un flash. Le jour de leur anniversaire de mariage. Et celui de la mort de Johnny. Elle chassa cette mauvaise pensée de son esprit, s'efforçant d'oublier Johnny, d'oublier... En vain. Ses pensées tournaient en rond autour d'une seule et même figure familière.

Elle ouvrit le tiroir de sa table de nuit et en tira une petite seringue empli d'un liquide laiteux. Légère piqûre. Sensation de bien-être, de chaleur.

L'image revint. Elle rouvrit le tiroir, prit une boîte de comprimés, en avala quelques-uns. Sentiment de paix, de sérénité.

L'image revint. Colère. Elle rouvrit la boîte, reprit une poignée de comprimés. Elle se sentit partir, flotter, légère, légère. Plus rien d'autre que son souffle n'avait de réalité. Inspire. Expire. Inspire. Expire.

Puis elle sombra.

Elle s'éveilla en sursaut, au beau milieu de la nuit, d'un sommeil profond et noir comme le noir de l'univers. Elle mit quelques temps avant de regagner la réalité, comme si elle revenait de très très loin. Elle avait rêvé de Johnny. Un rêve confus, flou. Elle ne se souvenait que de son regard, empreint de tristesse et d'amour. Une vague sensation d'angoisse lui tenaillait le ventre, sans qu'elle sache s'expliquer pourquoi. Elle était mal à l'aise. En nage. Le cœur battant fort. Elle tenta de se calmer. N'y parvint pas. Entreprit de se diriger vers la cuisine pour se concocter un petit remontant.

Elle venait de vider un verre de Scotch mais n'arrivait toujours pas à calmer ses tremblements, à raffermir ses jambes flageolantes, à reprendre son souffle.

Qui se figea. Elle venait d'entendre un raclement dans le couloir. Un bruit traînant, lancinant, mal assuré. Le malaise se mua en angoisse. Le raclement continua, toujours aussi lent et irrégulier. L'angoisse se mua en terreur. Elle crut l'entendre s'arrêter au niveau de l'escalier, puis reprendre, s'étouffant à mesure que les secondes s'égrainaient sur la pendule.

Dong !

Elle sursauta.

Dong ! Dong ! reprit la pendule.

Trois heures du matin.

Elle resta un long, long moment immobile à guetter le retour du bruit. En vain. « J'ai besoin de repos... Le train de vie que je mène doit me miner le système nerveux... » Elle émit un petit rire. À la fois de soulagement et d'auto parodie. « Quelle idiote je suis, d'avoir peur pour un rien ! Halala, mon imagination, alors... » soupira-t-elle.

Elle se surprit à penser que son rêve n'était peut-être pas étranger à cette hallucination auditive.

Johnny... Sa disparition pesait-elle tant pour qu'elle croie entendre des pas dans sa maison ?

Elle remonta se coucher, l'angoisse vaguement passée, mais toujours nerveusement épuisée.

Elle n'était pas au lit depuis dix minutes que le raclement reprit. Elle se redressa aussitôt. Guetta l'atroce bruit.

scruicscrrrc... ... scruicscrrrc... ... scruicscrrc

Il lui semblait bien réel. La terreur la reprit, panique. Son petit cœur battait à tout rompre, martelant ses côtes, pulsant son fluide à travers son réseau de veines. Elle suait à grosses gouttes. Tremblait. Frissonnait. La boule qui lui fouaillait les tripes se fit plus insistante, plus douloureuse. Un gémissement ténu s'échappa de sa gorge. Rassemblant toutes ses forces, elle alluma la lampe de chevet.

Et hoqueta, s'étrangla.

La silhouette se tenait dans l'encadrement de la porte, ses formes dégouttant de terre.

– Chérie, je suis rentré, articula-t-elle péniblement, d'une voix grinçante, râpeuse, inhumaine.

Johnny s'approcha de celle qui fut sa femme. Qui elle, était totalement paralysée, muette, semblable à une statue de marbre.

– Tu m'avais promis... *Pour toujours... pour L'éternité*, reprit-t-il.

Il fit un pas vers elle. Pénétra dans la zone de lumière. Ses yeux caves, vitreux, fixaient sa femme. Sa bouche sans lèvres, aux dents noirâtres, figée en un rictus indicible. Elle recula sur son lit, ne pouvant détacher son regard du cadavre ambulant, pourrissant, tombant en lambeaux, qui fut autrefois son mari. Sa terreur s'était muée en panique, en incompréhension, en coup de poignard.

– Qu'y a-t-il ? Je ne suis plus aussi… *Beau* ?

Ce mot lui déchira le cœur comme autant d'épines.

– Tu m'avais promis… Alors, malgré le… ce que… tu m'as fait avaler… ce jour-là.

Elle revit le petit comprimé contenant une forte dose de digitoxine, camouflé en médicament pour le cœur. La comédie qu'elle avait jouée auprès des autres. Si parfaite.

De grosses larmes coulaient maintenant le long de ses joues. Elle était dos au mur. Ne pouvait plus reculer.

– Johnny… fut tout ce qu'elle parvint à articuler.

Le cadavre s'approcha encore, jusqu'à ce qu'elle sente son souffle putride sur son visage.

Il la saisit de ses doigts osseux, putréfiés. Ses ongles s'enfonçant dans sa chair, lui arrachant un cri. Il palpa ses seins, ses jambes. Fourra sa langue boursouflée dans sa bouche. L'accabla de caresses qui étaient chacune comme des lames de rasoir tailladant sa peau. Il lui arracha sa chemise de nuit, se débarrassa lui-même de ses vêtements en loques. Il la serra plus fort, l'entaillant, l'incisant, la déchirant. Elle sanglotait en marmonnant *Johnny* à tout bout de chant. Et toujours ce leitmotiv qui s'échappait en un murmure de la bouche pourrie du mort revenu à la vie pour une seule raison.

– À moi… *Pour toujours…*

Elle se réveilla en sursaut et vomit toutes ses tripes sur la belle descente de lit. Un cauchemar ? Cela semblait pourtant si réel... Elle descendit à la cuisine se concocter un petit remontant.

Le verre de Scotch ne parvint pas à la calmer. Elle en descendit un autre cul-sec. Son cœur ralentit un peu la cadence. Puis repartit de plus belle ; l'horrible bruit venait de se faire entendre. Comme dans son cauchemar. Un instant tétanisée, elle s'élança au pas de course vers les escaliers. Rien. Les grimpa quatre à quatre. Encore rien. Déboula dans sa chambre en manquant glisser sur le parquet vernis. Toujours rien. Elle resta à genoux un moment, tentant de reprendre son souffle. De gros sanglots la secouèrent soudain. La culpabilité la rongeait-elle donc au point de la précipiter tout droit vers la folie ?

Elle se retourna brusquement, le cœur au bord des lèvres.

– Chérie, je suis rentré.

Le cadavre ambulant de Johnny se tenait dans l'embrasure de la porte.

– Non, non... gémit-elle, prostrée au sol.

Comme dans son cauchemar, il s'approcha lentement tandis qu'elle reculait vers le lit, désespérée tentative d'échappatoire.

– Qu'y a-t-il ? Je ne suis plus aussi... *Beau* ?

Son cœur battait si vite qu'elle crut qu'il allait éclater. L'horreur la glaçait jusqu'aux tréfonds de son être. Elle savait ce qui allait se passer. La terreur s'incisait en ses entrailles, bête insidieuse et hideuse, la fouaillant, tailladant, rongeant, dévorant, lacérant.

La même scène se répéta, confirmant ses pires peurs ; Le cadavre s'approcha encore, jusqu'à ce qu'elle sente son souffle putride sur son visage.

Il la saisit de ses doigts osseux, putréfiés. Ses ongles s'enfonçant dans sa chair, lui arrachant un cri. Il palpa ses seins, ses jambes. Fourra sa langue boursouflée dans sa bouche. L'accabla de caresses qui étaient chacune comme des lames de rasoir tailladant sa peau. Il lui arracha sa chemise de nuit, se débarrassa lui-même de ses vêtements en loques. Il la serra plus fort, l'entaillant, l'incisant, la déchirant. Elle voulait crier, hurler, mourir. Mais son corps n'obéissait plus.

Le mort-vivant murmura encore une fois les terribles mots :

– À moi... *Pour toujours...*

Elle s'éveilla en sursaut et vomit tout ce qu'elle put sur la belle descente de lit. Ses nerfs lâchant, elle sanglotait hystériquement. Deux fois le même rêve ? Pourtant, chacune des occurrences semblait plus réelle que l'autre. Son esprit au bord de la folie, elle ne savait plus que penser.

Comme mue par une tierce volonté, elle tituba vers la cuisine où elle but frénétiquement la moitié de sa bouteille de Scotch d'une traite. Avant que son cœur ne se fige encore une fois, reconnaissant le raclement morbide maintenant devenu familier.

Elle courut à folle allure vers l'escalier, qu'elle gravit en trombe, manquant tomber plusieurs fois, et fit irruption dans sa chambre. Vide. De rage et de désespoir elle jeta sa bouteille qui dispersa une myriade d'étoiles de verre.

– Pourquoi ? hurla-t-elle aux ténèbres qui l'entouraient. Pourquoi ?!

Mais au fond, elle savait bien pourquoi. Il était trop tard pour regretter, trop tard pour prier, trop tard pour fuir. Aucune échappatoire.

Et lorsque la silhouette décomposée de son mari apparut dans son champ de vision, elle comprit finalement le sens des terribles mots qu'il lui avait murmurés.

* * *

Elle se débattait, tournait la tête en tous sens, hurlait, hurlait, hurlait. La camisole dont on l'avait affublée l'empêchait de trop gesticuler, et les épais murs capitonnés évitaient qu'elle ne se blessât. En proie à un cauchemar infini, elle ignorait tout des deux présences qui l'observaient.

– Guérira-t-elle un jour, Docteur Walker ?

– Il y a peu de chances, Miss Hammond, peu de chances...

– C'est si triste, murmura la jeune infirmière.

– Ne laissez pas vos émotions prendre le dessus, conseilla le bon docteur. Vous êtes ici pour apprendre. Observez donc bien ce cas unique de schizophrénie extrêmement développée, où le sujet reste perpétuellement enfermé dans une hallucination créée de toute pièce par son esprit. Le traitement qu'on lui administre ne fait que provisoirement calmer son cerveau, mais nous avons peu d'espoir de parvenir à la guérir un jour. D'ailleurs, c'est l'heure de son médicament.

Il ouvrit la porte de la cellule et s'approcha de la patiente. Il sortit une seringue qu'il tapota afin de chasser les bulles d'air, et s'approcha de la jeune femme. Alors qu'il lui penchait doucement la tête, s'apprêtant à enfoncer l'aiguille dans sa jugulaire palpitante, il lui murmura doucement, de façon à ce qu'elle soit la seule à entendre :

– Johnny te passe le bonjour.

À ces mots, elle sembla prendre conscience de sa présence et le fixa du regard, visiblement terrorisée. Puis il ajouta, plus fort :

– Shh... Calmez-vous, Laura, c'est pour votre bien.

Sa besogne terminée, il sortit de la cellule et laissa la jeune femme en proie à ses démons.

– Ce doit être difficile pour vous, Docteur, de voir votre belle-sœur dans cet état-là, dit la jolie Miss Hammond d'un ton plein de compassion et de douceur.

Elle posa l'une de ses mains frêles et délicates sur la sienne, plus longue et plus épaisse.

– J'essaye de ne pas y penser, de faire simplement de mon mieux pour soulager les souffrances de cette pauvre femme malade.

Mine contrite et air résolu, il était toute l'incarnation de la noblesse face à l'adversité. La jeune infirmière le regardait avec des yeux emplis d'admiration et d'affection.

C'était tellement facile. S'il le voulait, ce soir cette jolie brune naïve serait dans son lit. Il était si facile de tous les berner. Il tapota délicatement la poche de sa veste, contenant d'autres seringues hypodermiques chargées d'une substance connue de lui seul, mais qui était tout sauf du médicament. Tous les jours, trois fois par jour, il s'assurait qu'à la pointe de son aiguille cette femme traîtresse restât enfermée dans son cauchemar. Il avait été facile de la berner, elle aussi, de remplacer ses diverses drogues par cette substance psychotrope, d'en injecter dans ses bouteilles d'alcool à travers les bouchons grâce à la minuscule aiguille, en bref : de lui en faire consommer petit à petit depuis suffisamment longtemps pour que son esprit se brise progressivement. Après tout, il était son ami, le frère de son défunt mari, toujours là pour elle. Il avait même partagé régulièrement sa couche, afin qu'elle le prenne pour un amoureux transi ne se doutant de rien.

Car oui, il avait toujours su qu'elle l'avait tué. Il n'en avait jamais eu de preuve, mais il l'avait toujours senti. Jamais il n'avait eu confiance en cette catin, et lorsqu'il apprit la mort de son cher frère, il sut tout de suite que ce n'était pas dû à des causes naturelles. Sans preuves, il ne lui restait plus qu'à administrer la justice lui-même. C'était désormais chose faite, et un sentiment de satisfaction l'envahit. Il sourit doucement. La vie était belle, et tout allait bien.

– Vous savez, Miss Hammond, je pourrais vous aider dans vos études si vous le voulez. Venez-donc avec moi en sortant de l'hôpital, qu'en dites-vous ?

La jeune infirmière rougit et acquiesça. Le docteur Walker passa un bras autour de ses épaules sans lancer un regard en arrière, laissant sa belle-sœur en proie à ses tourments.

QUAND LE GARDIEN INTERVIENT

– Le Gardien Arcturus est mandé en Salle du Conseil. Je répète : le Gardien Arcturus est mandé en Salle du conseil.

Le glyphe de communication s'égosillait comme s'il avait peur que je fusse hors de portée d'oreille. Je levai la tête de ma feuille et posai ma plume. À cette heure tardive de la nuit je ne rencontrai pas grand monde dans les sombres couloirs de la citadelle. Arrivé à destination je frappai discrètement à la porte et entrai.

– Gardien Arcturus, me présentai-je. Vous m'avez fait mander ?

Silence. Gardien Supérieur Animus. Gardien Supérieur Soma. Gardien Suprême Mediolanus. Ils étaient tous là. Le triumvirat de l'Ordre de l'Equilibre. Et tous la mine plus sinistre les uns que les autres. Le Gardien Supérieur Animus se décida finalement à prendre la parole.

– Vous avez commis une faute grave, me lança-t-il sans préambule.

– Je...

– Silence ! Vous parlerez lorsque l'on vous y autorisera !

Je restai donc silencieux. Il valait mieux ne pas contrarier Animus. Soma ou Mediolanus non plus, d'ailleurs. Et encore moins les trois à la fois.

– Vous avez interféré dans les Affaires de l'un des Mondes. Croyez-vous pourvoir nous duper si aisément ? Inutile de nier, nous en avons la preuve formelle.

Comme s'ils avaient besoin d'une quelconque preuve... Le triumvirat faisait loi, à la Citadelle de l'Ordre.

– Qu'avez-vous à dire pour votre défense, Gardien Arcturus, ajouta Soma.

– Je... Je n'ai rien à dire pour ma défense, Maîtres Gardiens.

Ils n'auraient pas pu comprendre, si je leur avais expliqué.

– Bien. Gardien Arcturus, vous serez mis aux arrêts en attendant que l'on décide de votre sort. Vous aurez tout le temps nécessaire pour méditer sur vos agissements inconsidérés.

Ho, j'avais déjà bien réfléchi, croyez-moi...

– Qu'allez-vous faire de Julia ? osais-je demander.

– Qui ça ? Ho, l'interférence ? Ceci est une question qui ne vous concerne plus, trancha le Gardien Suprême.

Gardiens de l'Equilibre. C'est ainsi que l'on nous appelle. Depuis la Citadelle de l'Ordre, nous avons une vue imprenable sur les différents plans d'existences qui peuplent les univers. Notre but est de veiller à l'équilibre de ces mondes, sans jamais intervenir directement. Une légère fluxion dans le courant des événements, un signe soi-disant divin montré à une importante figure politique, la chute d'un empire trop puissant, tels sont par exemple nos moyens pour y parvenir. Parmi tous ces mondes, il en est un que nous avons particulièrement du mal à contrôler, et qui s'appelle tout simplement la Terre. Je suis moi-même en charge d'une portion d'une certaine ville située dans un pays que l'on nomme la France, sur le continent européen, hémisphère nord : Paris.

C'est en surveillant la zone à travers le portail dimensionnel que j'en vins à faire la connaissance de Julia – même si ce terme me paraît un peu surfait. Je ne sais ce qui me fit la remarquer au milieu des milliers de personnes sur qui mon regard se posait. Sa vie ne différait en rien d'extraordinaire de celle d'une autre femme moyenne. Elle était employée dans un bureau, se levait tous les matins à six heures (heure locale), excepté les dimanches et les jeudis, passait quarante-cinq minutes dans les transports en communs, et passait la journée à taper sur un ordinateur, répondre au téléphone ou faire des photocopies, pour repasser quarante-cinq minutes entassée sous terre avant de rentrer finalement chez elle nourrir son chat, un magnifique persan renfrogné aux yeux bleus.

Tous les jours je la suivais du regard des heures durant, l'observant vaquer à ses occupations sans qu'elle n'en sût jamais rien, négligeant mon véritable rôle de gardien. Mes supérieurs mirent tout d'abord ceci sur le compte de la fatigue et de la lassitude, et m'intimèrent l'ordre de me reprendre au plus vite. Autrement, ils envisageraient de me réaffecter à la surveillance d'un secteur plus simple, peut-être par exemple l'une de ces jeunes planètes à la vie primitive. La menace de ne plus voir la douce Julia me fit frémir, et je redoublai d'efforts dans mon travail pour satisfaire mes supérieurs. Je ne supportais pas la simple idée de ne plus contempler quotidiennement son délicat visage au sourire chaleureux, encadré de boucles noires, ses yeux clairs étincelants, son allure élégante et noble... J'étais simplement en train de tomber amoureux de cet être si petit et si distant.

Les jours passèrent, se transformèrent en semaines, puis en mois. Je regardais Julia vivre, aimer, rire, pleurer, chérir... Je faisais tout mon possible pour faciliter de manière imperceptible la vie de ce petit être. Lorsqu'elle se sentait triste, je dissipais quelque peu les nuages pour qu'un doux rayon de soleil vienne la caresser ; lorsqu'elle venait à manquer d'argent, son nom était tiré au sort et elle remportait de nombreux cadeaux ; les feux passaient au vert avant son arrivée, sa santé était solide, les petits désagréments de la vie lui étaient épargnés. Déjà chaleureuse de nature, Julia était rayonnante, et je ne l'aimais que plus encore. C'est alors que tout a basculé.

Je regardai la missive avec horreur. Après plusieurs lectures successives, je n'y croyais toujours pas. Afin de garantir l'équilibre cosmique des forces de la vie, nous devions réguler le flux humain et animal – surtout humain, concernant cette planète. Les moyens étaient variés, et allaient de catastrophe naturelle à incident nucléaire, en passant par des accidents de moindre ampleur. Nous n'y prenons aucun plaisir, c'est là simplement notre rôle de Gardien. Car si nous répandions la mort et la destruction, nous dispensions aussi la vie et la naissance en contrepartie. De toute façon, la plupart des simples Gardiens comme moi ignoraient tout des plans pour maintenir l'équilibre. Les décisions étaient prises là-haut, et nous les exécutions sans poser de questions. Cela avait toujours fonctionné ainsi. Cela ne m'avait jamais posé de problème. Et pourtant, pour la première fois, je ne pus me résoudre à obéir, car sur la liste des condamnés à mort, se trouvait le nom de Julia.

Elle devait être victime d'une bousculade dans le R.E.R parisien, et atterrir sur les rails juste avant l'arrivée d'un train, un lundi matin à 07:17. Malgré les cris d'alerte d'un vieil homme, personne ne devait bouger à part un adolescent qui périrait avec elle en héros.

Je ne pouvais absolument pas en référer à mes supérieurs. Ils n'auraient eu aucun scrupule à confier cette tâche à un autre Gardien. Le triumvirat n'aimait pas tellement que l'on contestât leurs décisions. C'est alors que j'eus une idée totalement folle.

J'attendais anxieusement 07:17. J'avais déjà repéré dans la foule le malheureux qui devait causer la mort de mon amour. Julia descend les escaliers menant à la station. Elle insère sa carte dans le portique. C'est alors que j'interviens. Le portique émet un bip mais refuse de s'ouvrir. Elle la repasse dans l'emplacement prévu à cet effet. Même scénario. Après plusieurs tentatives, un agent de la R.A.T.P. qui passait par là vient voir quel est le problème. 07:15. Julia explique à l'agent qu'elle ne comprend pas, que sa carte est bel et bien valide. L'agent examine la carte, la passe dans le portique, sans résultat. 07:16. L'homme que j'ai repéré fait tomber son ticket et se penche pour le ramasser. Ce faisant il bouscule une jeune femme qui tombe à la renverse et atterrit sur les rails. Un vieil homme crie. La foule regarde sans réagir. Un adolescent se précipite vers la jeune femme, alors que l'on entend la sonnerie du train en approche. 07:17. Le portique s'ouvre, laissant enfin passer Julia

(Probablement un dysfonctionnement électronique, avance l'agent). Elle descend les escaliers et contemple avec horreur une scène qu'elle n'aurait jamais dû voir de son vivant. Ensuite, la vie reprend son cours, et je prie pour que mes supérieurs ne s'aperçoivent de rien, ou bien mettent ceci sur le compte d'une simple erreur. Après tout, une jeune femme d'environ le même âge que Julia était morte. Elle occupait une fonction similaire dans la société, et un style de vie plus ou moins semblable. Que leur importait alors l'identité de la victime ? Hé bien cela leur importait énormément.

Les Gardiens Supérieurs n'étaient pas dupes. Ils avaient remarqué avec quelle insistance j'observais Julia. Que je lui facilitais la vie. J'en vins à penser qu'ils avaient délibérément planifié sa mort afin de me mettre à l'épreuve ou de me punir. En tout cas, le résultat était là. Je patientais dans mes quartiers, consigné. Des pas me tirèrent de mes sombres pensées. Le triumvirat venait me rendre visite. À moi.

– Que me vaut l'honneur ? demandai-je d'humeur cynique.

Ce qui me valut en retour des regards outrés de la part des trois figures encapuchonnées. Je ne me rendais pas vraiment service. Le Gardien Suprême Mediolanus prit la parole.

– Nous sommes venus vous annoncer que vos efforts pour modifier la trame temporelle de la planète G-654 (notre code pour la Terre) se sont révélés futiles. Dès demain, l'interférence nommée Julia ne sera plus de ce monde, comme il avait été initialement prévu. J'ai pensé qu'il serait de bon ton de vous rappeler votre place, Gardien (il prononça ce terme avec une morgue presque palpable), et que nul ne peut changer son destin. Sur ce, profitez-bien des locaux, nous vous laissons à vos réjouissances.

Ils tournèrent les talons. Soma me lança un regard, dans lequel je surpris quelque compassion, avant de suivre les deux autres. Je me renversai sur mon lit, en proie au plus profond désespoir.

– Julia... Laissai-je échapper en un gémissement.

Je pris finalement une décision. Plutôt que de croupir ici en attendant que l'on mette un terme à l'existence de ma bien-aimée, je devais agir. J'étais déjà dans le pétrin jusqu'au cou, je voyais difficilement ce qui pouvait m'arriver de pire. Et de toute façon plus rien n'avait d'importance. Si je ne tentais rien pour sauver Julia, jamais je ne me le pardonnerais.

Je tentai d'ouvrir la porte, sans grand espoir. Elle était effectivement barrée d'un glyphe de verrouillage. Je tentai la fenêtre, qui s'ouvrit en partie. Après quelques minutes à forcer, je parviens à faire céder le mécanisme et à écarter totalement les deux battants. L'air frais s'engouffra en masse dans la pièce, provoquant chez moi un frisson. En me penchant au-dessus du rebord, je ne vis que le ciel nocturne, illuminé par une lune montante, les murs de pierre presque lisses et le vide marquant l'à-pic de la citadelle. Il faudrait être fou pour tenter de s'échapper par-là.

Mon cœur fit une embardée lorsque mon pied glissa. Je me rattrapai de justesse à une pierre saillante, et regardai quelques gravats tomber dans l'abysse ténébreux qui menaçait à tout moment de m'avaler à mon tour. Je n'avais pas parcouru cinq mètres que mon corps tout entier était soumis à une douloureuse tension. La fenêtre suivante semblait se trouver à des kilomètres de distance. Pierre par pierre, centimètre par centimètre, je m'efforçais de garder l'équilibre. Pierre par pierre, centimètre par centimètre, je m'approchais de mon but. Pierre par pierre, centimètre par centimètre, seule la pensée de Julia me poussait à avancer, sans tenir compte de la terreur qui m'aurait normalement paralysé. Chaque fois que la peur menaçait de m'envahir, son doux visage, rayonnant, emplissait mon esprit et dissipait mes doutes. Quelques battements de cœur plus tard, la fenêtre était en vue.

Je priai pour que personne ne se trouvât dans la pièce sur laquelle donnait celle-ci. Je ne sais si quelque dieu entendit mes supplications, ou si je fus simplement chanceux, mais c'était effectivement le cas. Je cherchai une prise parmi les pierres au-dessus du montant et lançai mon pied botté aussi fort que je pus.

Le verre vola en éclat. Je me faufilai au travers de la vitre brisée au prix de menues coupures et me dépêchai de vider les lieux avant que quelque curieux ne fût attiré par le bruit. Dans les couloirs, je ne croisai que peu de Gardiens, occupés à rentrer se coucher après quelques heures supplémentaires. J'agis le plus naturellement du monde, les saluant et leur souhaitant le bonsoir, et personne n'y trouva rien à redire. Pour la première fois, je bénissais l'arrogance du triumvirat, et leur condescendance envers les simples Gardiens, avec qui ils partageaient le moins d'informations possibles. Pour mes collègues, j'avais sans doute été convoqué pour quelque incident bénin.

La salle des portails était déserte à cette heure tardive. Je me dirigeai vers mon espace de travail et lançai le glyphe de démarrage. Après quelques temps, l'intérieur du portail trembla avant de me montrer Julia, tranquillement occupée à téléphoner depuis son bureau. Je fus aussitôt soulagé ; ils ne s'en étaient pas encore pris à elle.

– Le voilà ! Arrêtez-le !

Mon répit fut de courte durée. Sans prendre la peine de taper des coordonnées précises, j'activai le glyphe de transport et me jetai tête la première dans le portail.

À l'autre bout du tunnel, j'ouvris une porte et manquai de percuter un wagon de métro lancé en pleine course. Les portails étaient toujours habilement dissimulés. Celui-ci ne faisait pas exception ; il donnait droit dans un compteur haute-tension, quelque part dans le métro parisien. Je remontai les rails à la recherche d'une station, tendant l'oreille à l'affût d'un autre train éventuel. Finalement j'atteignis mon but et montai sur le quai le plus discrètement possible, sans toutefois parvenir à ne m'attirer aucun regard curieux. Je réalisai soudain que mon accoutrement pourrait me porter préjudice, mais une fois sorti de la station, les passants se contentèrent de me jeter un vague regard avant de reprendre leur route. Ces gens-là semblaient avoir tellement tout vu que plus rien n'était susceptible de les impressionner. Très bien, ceci jouerait en ma faveur. J'entendis simplement un vieil homme maugréer « putain d'immigré » sans vraiment comprendre le sens de ses paroles. Complètement perdu dans cette métropole, je regardai le panneau indiquant le nom de la station : châtelet – les halles. Je n'étais guère plus avancé.

Une fois à l'air libre, je jetai un œil à la grande bâtisse aux toits pointus qui marquait le temps : dix-huit heures. Si je ne me trompais pas, mon aimée devait être en train de regagner son domicile en ce moment-même. Je repérai l'un de ces appareils que l'on appelle taxi, et qui semblent remplir une fonction similaire à celle du métro, si ce n'est individuellement, et le hélai.

– Vite, chez Julia !

– 'Va me falloi' un peu plus que ça, mon pot', me répondit l'homme de couleur, immense sourire à l'appui.

Je fouillai ma mémoire à la recherche de ses coordonnées exactes. Cela me revint après quelques temps, et le conducteur m'y amena plutôt rapidement, tout en babillant joyeusement.

– Z'êtes d'ici ?

– Non.

– C'est vot' p'emiè'e visite à Paris ?

– Oui.

– Alo', z'en pensez quoi ?

– Rien.

– Z'êtes pas du type bava', vous, hein ?

– Non.

– Bien, bien. C'est supe'. Et sinon, vous savez...

Le reste de ce flot de parole se perdit dans l'air tandis que mon esprit ne pensait qu'à une chose. Arrivé en fin de course, mon aimable chauffeur n'eut que le temps de me dire « on est a'ivé » que je sautai déjà hors du véhicule.

– Eh a'êtez-le, il est pa'ti sans payer ! l'entendis-je crier après moi.

Je contemplai enfin le visage de Julia, après tout ce temps. Ses magnifiques yeux gris clair en amande, son délicat visage ovale...

– Oui ? fit-elle, interrogatrice.

Pendant quelques instants je ne pus produire aucun son.

– Julia ? Je...

– Excusez-moi, on se connaît ?

Elle m'observa de pied en cape, l'air aussi confus que suspicieux.

– Pas exactement... Enfin je veux dire, vous ne me connaissez pas, mais moi je vous connais... Vous êtes en danger, vous devez m'écouter !

– Laissez-moi tranquille espèce de malade !

Et sur ce, elle claqua la porte et la verrouilla à double tour. Belle approche... Je sonnai encore, en vain. Il n'y avait pourtant plus de temps à perdre ; je sentais que l'Ordre était sur mes traces et ne tarderait pas à me retrouver. J'activai mon glyphe de kinésie, déjouant facilement le simple verrou, et manipulant la chaîne qui me barrait l'accès. En se rendant compte de ma présence, Julia se leva d'un bond.

– Comment êtes-vous entré !?

– Je... Attendez !

Peine perdue, elle s'était déjà ruée dans la cuisine, d'où elle émergea, un long couteau en main.

– Qu'est-ce que vous me voulez à la fin !?

La voir ainsi terrorisée par ma personne, pourtant pleine d'amour pour elle, me brisa le cœur.

– Écoutez-moi, je vous en conjure ! Vous êtes en danger, je suis là pour vous aider, vous devez me faire confiance !

Elle ne me fit pas confiance pour autant. Je la vis qui se dirigeait vers le téléphone, probablement pour appeler des secours. Elle n'en eut jamais le temps. Trois Gardiens Suppresseurs – unité de combat d'élite – firent irruption dans la pièce. En temps normal, l'Ordre veille toujours à ce que nos exécutions passent pour des accidents ou des suicides. Je suppose que, dos au mur, le Triumvirat n'en avait plus tellement cure et désirait simplement notre mort à tous les deux.

Alors que deux des Suppresseurs se ruèrent sur moi, leur serpe lestée en main, j'activai mon glyphe de kinésie. Un des deux guerriers valdingua à travers la pièce pour s'écraser bruyamment dans l'escalier, mais l'autre était toujours face à moi. Derrière les deux fentes noires de son masque lisse, je ne vis pas son regard. Il semblait pareil à une machine, programmée uniquement pour tuer. La spirale rouge autour de son œil droit capta un rayon de soleil et sembla prendre une teinte sanguine. Il passa à l'attaque. Je me saisis d'une chaise et bloquai son bras armé. Sa force était démesurée – décuplée par divers glyphes. Désespéré, sentant que mon bras lâcherait bientôt, j'agitai frénétiquement la main gauche en direction de la cuisine, activant mon glyphe de kinésie. Je vis du coin de l'œil un couteau pointu fendre les airs et pointai vers mon adversaire. La lame s'enfonça profondément dans le cuir noir de son armure, et lui fit lâcher son arme. Il ne poussa même pas un cri de douleur. Temporairement libéré de sa poigne, je me relevai en hâte ; le troisième Suppresseur s'avançait d'un pas décidé vers Julia, dos au mur, qui n'avait plus nulle part où aller. Je me saisis à nouveau de ma chaise et lui assénai un grand coup de toutes mes forces, sur l'arrière du crâne. Il s'effondra, et je continuai de frapper jusqu'à n'avoir plus aucun doute quant à son trépas.

La déflagration me roussit la manche droite et vint s'écraser sur le mur à quelques centimètres de la tête de Julia, recroquevillée au sol. Le Suppresseur que j'avais blessé se tenait debout, le bras droit pendant mollement à son flanc, la main gauche tendue vers moi, encore fumante. Je plongeai lorsqu'il activa une fois de plus son glyphe d'éclair. La déflagration arracha des morceaux de plâtre du mur, qui vinrent arroser en une pluie blanchâtre les cheveux de Julia. J'utilisai mon glyphe de kinésie pour projeter la chaise sur lui, l'obligeant à plonger à son tour.

– Venez si vous voulez vivre !

Julia n'eut que le temps de me regarder, interloquée, avant que je la prenne par le bras et la relève de force.

– Faites-moi confiance ! Je suis là pour vous aider ! Pas eux.

Il me fallait une porte. N'importe quel encadrement ressemblant de près ou de loin à une porte ferait l'affaire pour activer le glyphe de transport.

Le Suppresseur s'était déjà relevé. Je le voyais pointer sa main gauche vers nous.

Nouvelle déflagration, esquivée de justesse. Je sentis l'odeur du tissu grillé de ma tunique.

Traînant Julia par le bras, je me dirigeai en hâte vers la porte de la salle de bain, celle qui me paraissait la plus accessible. Le portail s'ouvrit au moment même où je passai la tête dans l'encadrement, et où retentit une nouvelle déflagration.

Le vide.

Le vide.

Le vide.

Nous arrivâmes dans une forêt, projetés sans ménagement sur le sol. L'odeur de la mousse humide monta à mes narines, et je restai quelques temps interdit, le visage contre le tapis d'aiguilles brunissantes, dans un silence bienvenu.

Finalement je me relevai et me retournai vers Julia. Allongée sur le ventre, la tête reposant sur ses bras croisés, elle était immobile.

– Par tous les dieux, non !

Ce que je vis me glaça d'horreur. Je me ruai vers elle, activant mon glyphe de soin, priant tous les dieux de tous les univers. Car dans le dos de ma bien aimée, fumait encore un grand cercle noir là où l'éclair s'était écrasé.

Vous ouvrez les yeux, lentement. La lumière n'est pas très forte, mais elle est suffisante pour vous les faire refermer aussitôt, en grimaçant. Quelques instants plus tard, vous tentez de nouveau une percée oculaire. Vous vous trouvez dans une forêt humide, sur un tapis de brindilles. Une brise délicate fait vibrer les branches des conifères. Vous ne savez pas très bien ce que vous faites là. Vous tentez de vous souvenir ; vous étiez dans votre appartement, et puis... Soudain vous vous rappelez.

Dans un sursaut d'adrénaline, vous vous relevez et regardez partout autour de vous. Seul l'homme au drôle d'accoutrement est présent. Il a l'air épuisé, mais en vous voyant éveillée il vous sourit.

– N'ayez crainte, vous êtes en sécurité, vous dit-il.

Sans vraiment savoir pourquoi, vous le croyez.

– Que... Quoi... Qui êtes-vous ? Qu'est-ce qui se passe ? demandez-vous, confuse.

L'homme vous répond. Il s'appelle Arcturus. Il vous raconte en détail son histoire. Vous n'y croyez pas. Vous lui dites qu'il est fou, vous le traitez de pervers détraqué, vous lui ordonnez de vous ramener chez vous. Vous êtes terrorisée. Qu'est-ce qu'il vous veut ? Il prétend vous aimer, et c'est d'autant plus inquiétant. C'est grotesque, son histoire, lui dites-vous. Très bien, répond-il, il va vous montrer.

Vous le voyez se lever et se diriger vers ce qui semble être l'entrée d'une mine désaffectée. Il lève un bras, et l'air ondule devant lui. Soudain, à la place de l'entrée de la mine, se trouve un vortex bleu et noir, ondulant frénétiquement. Venez, vous dit-il, n'ayez pas peur. Il vous prend par la main et ensemble vous traversez la masse ondoyante.

La brise vous fouette le visage. Vous dominez du regard un port, et l'océan à l'horizon. À vos pieds, s'étend une surface vert-de-gris haute d'une centaine de mètres. Regardant autour de vous, vous comprenez que vous vous trouvez dans l'une des fenêtres formant la couronne de la Statue de la Liberté.

– Comment... ? entamez-vous.

– Glyphe de transport. Me croyez-vous, désormais ?

Il vous assure encore une fois que tout est vrai ; l'Ordre des Gardiens, son amour pour vous, votre exécution décidée par le triumvirat...

– Ces gens-là avaient donc décidé que je devais mourir.

Il acquiesce.

– Mais... Pourquoi ?

Il hausse les épaules. Les simples Gardiens ne sont au courant de rien.

Vous sentez monter la colère en vous. Comment ces personnages abjects osent-ils décider qui doit vivre ou mourir ?

– Et ça ne vous a jamais rien fait, de tuer des gens ? . Regard accusateur à l'appui.

– Cela faisait partie de mon travail. On nous répète que c'est pour le bien de tous, un petit sacrifice pour une grande cause. On nous apprend que sans cela, c'est votre peuple tout entier qui est condamné.

Vous êtes tout d'abord emplie de colère envers cet être froid. Puis vous réalisez qu'il vous a malgré tout sauvé la vie, quand il était censé vous la prendre. Qu'il a mis en péril son existence toute entière pour la vôtre, là où il aurait été si simple de rester à l'écart en fermant les yeux. Vous baissez la tête et ne pipez plus mot. Devant son regard inquisiteur, vous finissez par lâcher : – vous êtes mon ange gardien...

Il rit doucement : – C'est une vision des choses. Je suppose qu'on pourrait effectivement nous comparer à des anges. Des anges de la mort, le plus souvent, achève-t-il, sombre. Puis il reprend : – Venez, nous n'avons plus beaucoup de temps avant qu'ils ne retrouvent notre trace. Il leur est facile de retrouver les coordonnées que j'utilise à chaque transport.

Nouveau portail, nouvelle zone. Vous émergez d'une grotte, à flanc de falaise, surplombant un désert ocre. Un ciel sans nuage, quelques cactus, vous avez l'impression d'être dans un Western.

– Jusqu'à quand allons-nous fuir comme ça ?

Vous vous imaginez mal vivre de cette façon jusqu'à la fin de vos jours.

– Jusqu'à ce que le triumvirat abandonne, ce dont je doute, vu leur étroitesse et leur obstination, ou bien jusqu'à ce que je trouve une solution.

Ou jusqu'à ce qu'ils finissent par vous rattraper, ajoutez-vous dans votre tête.

Arcturus vous enjoint de vous reposer dans cette grotte. Vous devriez être tranquilles quelques temps, dans un endroit aussi reculé. Vous épargnant les détails, il vous explique que plus la zone est ponctuée de portails, plus vite ils retrouveront vos traces. Il vous faut absolument éviter les agglomérations et autres endroits peuplés. Non loin de là, se trouve un petit arbre, dont Arcturus ramasse quelques branches qu'il allume grâce à son glyphe de flamme. Une chaleur apaisante vous envahit, et vous vous allongez sur le sol. La tension qui parcourait votre corps se relâche quelque peu.

Vous ouvrez les yeux. La nuit est tombée, mais Arcturus veille. Sans mot dire, vous vous approchez et posez la tête sur ses genoux. Vous sentez sa main épaisse mais délicate vous caresser doucement les cheveux.

– Pourquoi ? lui demandez-vous.

Comme il ne semble pas comprendre, vous reprenez : – pourquoi faites-vous tout ça pour moi ?

Il hausse les épaules. Il n'en sait rien.

– Comment pouvez-vous m'aimer, en m'ayant simplement observée à travers une sorte de fenêtre cosmique ?

Nouveau haussement d'épaules. Il vous aime, voilà tout.

Vous restez pensive. Sans même vous avoir rencontrée, cet être se montre prêt à sacrifier sa propre existence pour vous. Ses pairs le considèrent comme un traître et un renégat, et ils n'auront de cesse de le poursuivre qu'à sa mort. À cause de vous, il a perdu à tout jamais le quotidien paisible de son existence. Vous sentez la culpabilité vous envahir. Pourtant vous n'avez rien fait. Ce qui n'empêche pas ce sentiment de monter en vous, de vous percer les entrailles de ses serres avides. Vous vous mordez la lèvre inférieure, serrant les poings.

Arcturus le remarque. Il vous sourit chaleureusement. Tout va bien, il a fait ses choix en toute connaissance de cause et en assume pleinement les conséquences. Rien d'autre que vous n'a d'importance pour lui. Malgré vous-même, vous admirez sa droiture et son sens moral. Vous sentez votre cœur battre plus vigoureusement. Seriez-vous en train de rendre les armes face à lui ?

Mue par une impulsion irréfléchie, vous relevez la tête et l'embrassez doucement, longuement. Lorsque vous reposez la tête sur ses genoux, vous vous sentez sereine.

Soudain, l'air à l'entrée de la grotte vibre.

– Bon sang, déjà !

Il vous prend par la main et ensemble vous courez. Un éclair vous frôle, et votre adrénaline atteint un pic. Vous apercevez un renfoncement dans la paroi rocheuse, et vous écriez : « là ! » Arcturus active son glyphe et le portail apparaît. Vous franchissez l'onde bleue alors qu'un nouvel éclair frappe la roche.

Vous débaroulez dans une ferme abandonnée, au milieu d'une clairière. Cette fois-ci, vous n'avez que quelques minutes de repos avant que les Suppresseurs ne soient de nouveau sur vos traces. Lorsque l'encadrement délabré de la porte se met à vibrer, vous avez déjà franchi le portail ouvert dans la fenêtre.

Le même scénario se répète alors que vous franchissez successivement divers plans ; une immense décharge ; un vieux moulin au bord d'une rivière ; un château près d'un lac ; toujours les suppresseurs se font plus rapides à vous retrouver. Arcturus doit bien le savoir comme vous : ils finiront par vous avoir à l'usure ; la fin est proche. Vous imaginez votre ange gardien affronter un commando de Suppresseurs pour vous protéger. Il tombe au combat, vous lançant un dernier regard empli d'affection, tandis qu'un guerrier lève sa lame vers vous. L'idée de le voir mourir sous vos yeux vous est insoutenable. C'est alors que vous réalisez pleinement l'étendue de vos liens.

Vous imaginez une seconde option, repensant à ce portail donnant sur la caverne à flanc de falaise. Il serait si facile de sauter dans le vide avant l'arrivée des terribles Suppresseurs. Une mort décidée, partagée, pour vous et lui. Et ravir à vos adversaires le plaisir de vous occire. Vous vous arrêtez soudain, net. Arcturus se retourne, visiblement inquiet. Vous lui souriez. Tout va bien, lui dites-vous, nous n'avons plus besoin de lutter. Derrière vous, l'air vibre et tourbillonne. Arcturus s'exclame : « je vais tenter quelque chose ! » et il vous entraîne à sa suite. Vous le voyez taper sur son bracelet les coordonnées : 00:00 ; 00:00 ; 00:00 ; 00:00 ; 00:00 ; 00:00. Vous ne comprenez pas très bien, mais qu'importe.

– Où sommes-nous ?

Il n'y a rien autour de vous. Rien que le vide, le vide total. Vous flottez, et toutes vos sensations semblent vous parvenir de très très loin.

– Nulle part, vous répond votre ange gardien. – Nous sommes à la croisée des univers, aux coordonnées zéro.

Vous regardez autour de vous. Vous ne voyez rien qui ressemble à une porte. Les Suppresseurs ne pourront jamais vous rejoindre. Ce qui veut dire qu'à l'inverse...

– Nous allons rester ici pour l'éternité. concluez-vous d'un ton neutre.

Arcturus acquiesce, l'air serein. Vous pourrez enfin vivre en paix.

Vous comprenez finalement. Vous vous en doutiez déjà, mais vous préfériez ne pas y penser.

– Je n'existe que dans ta tête, n'est-ce pas ? Je n'existe plus que dans ta tête, depuis que cet éclair m'a frappée. Je n'ai pas survécu.

Il vous regarde sans rien dire.

– Pourtant j'existe, non ? Votre voix commence à monter sous le coup de la panique. – Je ressens, je vois, j'entends, j'existe bel et bien ! Non ?

Mais il n'a aucune réponse à vous donner. Vous vous calmez lentement. Après tout qu'importe ? Tant que vous êtes à ses côtés, qu'importe ?

De nouveau sereine, vous posez la tête sur ses genoux, et il passe un bras autour de vos épaules. Vous vous sentez parfaitement bien, seule à ses côtés pour l'éternité.

.

PACTE DE SANG

J'avais du mal à croire que c'était réellement terminé. Cela me paraissait tellement inimaginable, quelques heures auparavant... Et pourtant, elle venait de me l'annoncer, et de vive voix. La discussion avait tourné au pugilat. Léana, pourquoi m'as-tu quitté ? Qu'ai-je donc fait pour ne pas mériter de te garder auprès de moi ? Je ne tarderais pas à apprendre la réponse, ô combien douloureuse.

Aussitôt notre dispute terminée, je sortis en trombe de notre petite maison et gagnai une rue voisine où je me laissai aller sur un banc. Je la vis peu après sortir à son tour. Avant même que je ne m'en aperçusse, je la suivais à travers les passages sinueux de la ville. Et que vis-je là ? Léana, ma bien-aimée se jeter dans les bras de Kenthar, mon meilleur ami. Cruelle trahison, et double de surcroît. Ils s'embrassaient et se serraient l'un contre l'autre, ignorant tout de leur spectateur imprévu.

Kenthar, celui que je considérais comme un frère... Plus âgé que moi de quelques années, nous combattîmes côte à côte de nombreuses fois. Avec son imposante carrure, ses cheveux noirs d'encre volant au vent, son visage à l'air volontaire et déterminé ainsi que son charisme hors du commun, il galvanisait les troupes et terrorisait les ennemis. Nous comptions qui abattrait le plus d'adversaires durant la bataille, jeu des plus classiques et puérils, mais qui renforça profondément nos liens.

Il en tuait toujours bien plus que moi. Avant chaque bataille je pariais que je le dépasserais enfin, et finissais toujours par me délester de ma bourse. Il était de loin la personne en qui j'avais le plus confiance, à qui je vouais le plus d'estime et de respect. Si j'avais imaginé un seul instant qu'il me trahirait aussi cruellement...

Je quittai la petite rue comme une furie avant que le désir de les occire tous les deux n'eût pris le dessus sur ma volonté et gagnai la dense forêt qui bordait la ville. Mes phalanges blanchirent à force de serrer la garde de mon épée. Je savais désormais pourquoi elle avait tout annulé alors qu'approchait notre mariage, et ma fureur n'en était que grandissante. Peut-être me vider de mes forces au combat m'aiderait-il à trouver quelque quiétude.

Mes attentes ne furent pas trompées. Au bout de quelques instants d'errance je rencontrai une horde de zombies puants. Leur présence si près de la ville ne m'étonna pas outre-mesure, tant j'étais aveuglé par mon désir d'en découdre. Je frappais tel un automate. La seule différence avec mes ennemis, en cet instant, était que je respirais et que mon cœur battait à un rythme effréné. Je tranchai ainsi un nombre incalculable de membres et de têtes putréfiés, dans ma folie furieuse, pour ne m'arrêter qu'une fois le dernier ennemi vaincu. Je tombai à terre, épuisé, las. Le repos que j'espérais tant ne venait pas. Alors que le soleil se couchait, une ombre noire se pencha sur moi. Je sentais son aura maléfique et meurtrière, mais je n'avais plus la force de bouger un muscle.

– Cyric... Cyric...

– Comment connaissez-vous mon nom ?, parvins-je à articuler.

41

– Je te connais, Cyric. Ta haine et ton courroux se sentent à des lieues à la ronde.

– Que peuvent bien vous faire mes sentiments ?

– Ne sois pas si insolent. Je viens t'offrir la possibilité d'accomplir ta vengeance.

– Ma vengeance ? Je n'ai jamais eu l'intention de me venger !

Son rire avait quelque chose d'irritant, de blessant.

– Bien sûr que si !

Je sentis mon cœur se déchirer. L'inconnu psalmodiait quelque chose que je ne pouvais comprendre. À mesure qu'il débitait son incantation, mon esprit se brouillait, ma volonté faiblissait, et ma colère ainsi que ma haine envers Léana et Kenthar croissaient en moi, sans que je n'y pusse rien. Je luttai pour dominer ce poison qui s'instiguait en mes veines, mais inexorablement ce sentiment prenait le dessus sur ma raison.

– Sois maudis !, Hurlai-je

Pour toute réponse je n'obtins qu'un ricanement sadique et satisfait.

– Cyric ? Réveille-toi Cyric.

Je me sentais changé. J'étais toujours moi, mais dévoré par un intense désir de vengeance et de pouvoir. La nuit était tombée entre-temps. Je remarquai alors que les yeux de mon mystérieux interlocuteur luisaient d'un éclat rouge vif.

– Que m'as-tu fait ?

Encore cet insupportable ricanement.

- Je n'ai fait qu'amplifier ce sentiment qui dormait en toi, Cyric. Je n'ai fait que t'ouvrir les yeux.

- Malédiction ! hurlai-je. - Tu as fait de moi un monstre ! Je ne puis plus penser à celle que j'aime sans avoir de pulsion meurtrière !

Son ricanement alimenta encore ma fureur.

- Ne t'inquiète pas, Cyric, Je t'offre en contrepartie un pouvoir dont tu n'as pas idée. Le pouvoir d'assouvir cette soif de vengeance qui te tenaille, et bien plus encore !

- Ne me tente pas, monstre ! Hors de ma vue !

Il esquiva sans peine mon coup d'épée et me repoussa d'un coup, me rejetant au sol.

- Va au diable, engeance du mal !

Son rire tonitruant me déchira une nouvelle fois le cerveau.

- Alors, Cyric, acceptes-tu mon offre, ou porteras-tu cette souffrance sans pouvoir l'apaiser ?

Mon désir le plus profond était de lui hurler de disparaître après lui avoir planté ma lame en plein cœur, si tant fut qu'il en eût un. Pourtant, seuls ces mots vinrent à ma bouche :

- Que dois-je faire ?

- Boire mon sang.

Je ne répondis rien. Un long silence s'écoula.

- Dis-moi au moins qui tu es.

Il sourit.

- Je m'appelle Loki.

Il s'ouvrit le poignet d'un coup de griffe - je remarquai alors qu'il en était pourvu - et fit couler son sang sur mon visage. Malgré ma répugnance, je bus jusqu'à la dernière goutte qu'il m'offrait. Je fus assailli par une indicible douleur qui me lacérait les entrailles. Je sentais mon sang bouillonner, mon cœur battre à tout rompre, ma tête prête à exploser. Puis ce fut l'inconscience.

Je repris mes esprits au beau milieu de la nuit, toujours étendu dans la forêt. Un flot de paroles assaillit violemment mon cerveau. La voix de Loki résonnait dans ma tête.

— Désormais tu seras un Enfant des Ténèbres, tout comme moi, ton créateur. Tu partageras mes pouvoirs... mais aussi ma malédiction.

Son rire infernal me martelait les tympans tandis que j'hurlais ma frustration. Le prix à payer pour la vengeance est toujours élevé, je le savais bien, mais j'ignorais à quel point c'était vrai. En échange de l'immortalité, d'une force surhumaine, ainsi que de nombreux pouvoirs de l'esprit, mon maître m'avait affligé d'une soif de sang inextinguible ainsi que d'une intolérance à la lumière du soleil. Vampire. C'est ainsi que bien plus tard on me nommerait. Il me faudrait me débarrasser de tous mes idéaux passés, de tous mes principes, car, comme la voix dans ma tête ne cessait de me le répéter, je n'appartenais désormais plus au monde des humains. Je repris la route de la ville, désorienté, perdu, et assoiffé de sang... et de vengeance.

Je trouvai les deux traîtres nus dans le lit. Sous l'emprise d'une colère noire, je brisai la fenêtre et pénétrai en trombe dans leur chambre.

— Cyric ? hoqueta Léana en tirant à elle les couvertures.

- Oui, Cyric, celui-là même que tu as trahi et abandonné ! Mais pas l'ancien Cyric, noble chevalier au service de la veuve et de l'orphelin, mais Cyric le Vengeur !

- Tu... Tu es devenu complètement fou ! Sors d'ici, je t'en prie !

Je voulais la supplier de revenir, lui dire que je l'aimais, parler avec elle, mais sa seule vue m'était insupportable. Mon désir le plus profond était de lui arracher le cœur à mains nues. Malgré mon amour pour elle, ma raison, mon bon sens, la noirceur de mon cœur emportait mon esprit dans des sphères où seule existait cette soif de sang. Son joli visage fin et rond, ses longs cheveux blonds tombant en natte dans son dos, ses grands yeux bleus que j'aimais tant, ce corps menu et ferme, au lieu de tout cela je la voyais ensanglantée, décapitée, écartelée, énucléée, et ces images qui s'insinuaient en ma tête me rendaient totalement fou.

- Cyric, mon vieux, on va s'expliquer calmement, hein ? intervint celui qui fut autrefois mon meilleur ami.

Rien que le son de sa voix attisa ma colère. D'instinct je levai la main vers lui et il fut aussitôt projeté vers le mur, qu'il percuta de plein fouet. Loki n'avait pas menti au moins sur ce point : je possédais de terribles pouvoirs... Il tenta de s'emparer d'un poignard dissimulé à proximité. Je reconnaissais bien là mon vieil ami. Jamais trop prudent. Par la seule force de mon esprit je le retournai vers lui, et, luttant contre l'envie de lui planter en plein cœur, le lui enfonçai dans la main, le clouant sur place.

Léana me fixait du regard, incrédule. Elle ne devait pas comprendre d'où me venait cette soudaine puissance. Je saisis son délicat visage entre mes doigts. Un étau de fer aurait exercé une pression semblable. J'entendais déjà les os commencer à craquer. Abîmer un aussi joli minois eût été du gâchis, mais je luttais avec peine contre mon désir de pulvériser le crâne de la traîtresse.

– Cyric... Je t'en prie... Comprends-moi... Pardonne-moi... pleurait-elle.

Sans que je n'eus rien demandé, la voix de Loki se fit entendre dans ma tête.

– Bois leur sang, et abreuve-les du tien. Tant que tu vivras et que tu n'auras pas renié le Pacte de Sang qui te liera à eux, ils seront tes esclaves...

Ce que je fis sur-le-champ, avant même de m'en être rendu compte. Lorsqu'ils revinrent à eux, leur aspect avait changé. Leur peau avait pâli, leurs lèvres noircies. Leurs yeux avaient désormais une teinte jaune. Je fus alors pris d'un doute et me précipitai vers le premier miroir venu. J'avais moi aussi subi d'importants changements ; mes cheveux autrefois d'un blond doré avaient blanchi. Ma peau était presque blanche, elle aussi, et mes lèvres étaient indubitablement noires. Quant à mon regard, on eût pu dire que des flammes y dansaient.

J'expliquai à mes nouveaux esclaves quels étaient désormais leurs conditions. De rage, Kenthar se jeta sur moi, poings en avant. Il fut violemment rejeté en arrière avant même de m'avoir touché. Et pourtant je n'avais lancé aucune attaque...

– Ne vois-tu pas que tu ne peux lever la main sur moi ? Je suis ton maître, votre maître à tous deux, et aucun de vous ne sera libre tant que je n'en aurais pas décidé ainsi ! Vous ferez ce que je vous dirai, quand je le dirai, et m'obéirez au doigt et à l'œil !

Ces mots virent à ma bouche automatiquement. Si seulement j'avais su quel tour allaient prendre les choses...

Je ne sais combien de temps passa, après avoir orchestré notre propre mort dans l'incendie de la maison. Nous partîmes sous de fausses identités dans une ville où nous étions inconnus. Tous les soirs, et plusieurs fois, je possédais Léana sous les yeux de Kenthar, enchaîné. Je le forçais à regarder nos joutes amoureuses, et je forçais Léana à montrer ostensiblement tous les signes d'un intense plaisir. Je torturais également Kenthar, tout en forçant sa dulcinée à assister à l'intégralité du spectacle, bien entendu. Enchaîné à un mur, il subissait mon sadisme sous couvert de châtiment. Je le fouettais, le lacérais, le brûlais, lui arrachais lambeaux de chair ou membres entiers avant de le régénérer par le pouvoir guérisseur de mon sang. Ses souffrances étaient presque éternelles. Parfois, lorsqu'une sorte de folie sadique s'emparait de moi, je torturais également Léana, ou même les deux à la fois. Mais toujours je forçais l'autre à regarder. Je leur interdisais également tout rapport. Ils étaient à quelques mètres l'un de l'autre, mais ne pouvaient ni se toucher ni se parler. La douleur était bien plus profonde que de simples blessures physiques. Petit à petit je les ruinais, les broyais. Si les premières fois mon corps agissait presque malgré moi, très vite j'en tirai un immense plaisir sadique. La corruption qui coulait en mes veines avait inexorablement atteint mon cœur et l'avait noirci jusqu'à la racine. Peu à peu je devenais comme un démon ivre de vengeance, dénué de sentiments autres que la colère et la haine, malgré cette voix qui résonnait en moi, hurlant son indignation, m'ordonnant de cesser immédiatement cette barbarie. Elle fut bien vite couverte par le tumulte qui tempêtait en mon cœur.

Mais il advient parfois que le destin contrarie les volontés les plus fortes. Un soir je laissai seuls Léana et Kenthar. Ma vigilance s'était relâchée après toutes ces années, et je pensais les avoir tant brisés qu'ils n'avaient plus de volonté propre. Je déambulai seul dans les rues, seul après autant d'années en compagnie de mes esclaves. Je trouvai ce qui s'approchait le plus de la sérénité durant ce bref instant. Mais à mon retour, peu avant l'aube, je retrouvai les deux anciens amants dans les bras l'un de l'autre, et ce malgré mon interdiction et notre Pacte. Jamais je ne sus comment ils avaient brisé les chaînes qui les liaient à mon serment. Ma colère se ralluma comme un feu se rallume sous un soufflet. Je détruisis intégralement le mobilier de la pièce et frappai les impertinents jusqu'à être dans un état second. J'empoignai Kenthar par la gorge d'une main et Léana par les cheveux de l'autre et sautai à travers la fenêtre, au mépris des débris de verre qui me zébrèrent la chair de leur morsure.

Je stoppai ma course folle en face de la cathédrale. Je dégainai mon épée et la plantai dans le mur, transperçant le ventre de Léana. Ainsi elle ne m'empêcherait pas d'accomplir ma volonté. Je serrai ma prise sur la gorge de Kenthar, lui broyant le larynx et les artères, puis sautai d'un bond au-dessus de la cathédrale. Là, je planai quelques instants.

– Maudit, Comment as-tu osé enfreindre ma volonté ? Tu vas subir mon juste courroux !

Il trouva encore la force de me cracher au visage, attisant un peu plus ma fureur. Je fondis vers la croix ornant le dôme de la cathédrale. La poitrine de mon cher ennemi s'y enfonça sans peine sous le choc. Il fut littéralement empalé, et dans l'incapacité de se défaire de cette douloureuse prison. Je redescendis à terre.

– Contemple, ma douce, contemple le fruit de ton insolence. Le soleil va se lever d'ici peu, alors ton cher amour subira un tourment pire que les flammes de l'enfer !

Et comme pour appuyer mes paroles, l'astre pointa ses premières lueurs à l'horizon. La lumière fut très vite insoutenable, mais je tenais à ne perdre aucune seconde de ce spectacle. Kenthar se tortilla grotesquement sous la douleur, une fumée grisâtre enveloppant son corps. Des cloques se formaient, sa peau grillait comme sous l'effet d'une ardente fournaise alors que seuls les premiers rayons le caressaient. Léana hurlait, se débattait, pleurait. Mon triomphe n'en était que plus grand.

Contre toutes mes attentes, elle parvint à se dégager de la morsure de ma lame. Retenant ses propres viscères de quitter son ventre, elle courut vers la cathédrale. Je tentai de la retenir, mais les rayons brûlants m'en empêchèrent. Je la vis sauter sur le toit et rejoindre son amour, l'étreindre, le pleurer, tandis que sa peau subissait à son tour l'infernale morsure des rayons solaires. Elle resta un long moment à le regarder, à lui caresser le visage, à lui murmurer des mots doux, les yeux baignés de larmes tandis qu'il la fixait, la bouche ouverte, incapable d'articuler un son. Tous deux furent réduits en cendres. Je ne pus rien faire pour sauver celle que j'avais aimée, malgré ma toute-puissance. Quelle ironie. Et quelle arrogance de ma part. Finalement, les deux amants avaient gagné la partie. Leur amour m'avait vaincu, et je n'avais jamais pu entièrement les briser. Ce soir-là je perdis tout. J'enterrai définitivement mon ancienne vie. Je me tournai et me dirigeai vers un endroit à l'abri du soleil. N'importe quelle cave ferait l'affaire. Je sentais la jubilation de mon créateur, son intense satisfaction. Je sentais que ma nouvelle vie ne faisait que commencer. La voix qui tentait de me faire entendre raison s'était définitivement tue.

APRES LA PLUIE

Je suis la dernière. Tous morts. De cette épidémie. La Maladie, ils l'ont appelée, faute de mieux. Sans prévenir, du jour au lendemain. Des morts, des morts, encore des morts. Pas d'explication, pas de remède. Sorte d'anémie, je crois qu'ils ont dit. Et maintenant je suis la dernière. Seule dans la ville déserte. La pluie tombe depuis des semaines, nettoyant les rues. Tout est gris. Ciel gris. Nuages gris. Murs gris. Pavés gris. J'ignore ce que je vais faire. Plus personne. Personne.

Encore vu des morts aujourd'hui. Quand je visite les maisons pour chercher des affaires. De la nourriture. Ils n'en ont plus besoin. Ils commencent à pourrir. Ils sont tout blancs comme du plâtre. Ca pue. Je ne veux plus avoir à visiter les maisons des morts. Pourtant il le faut bien. Pour survivre. Mais leur compagnie me déplaît. Elle me fait peur. Me met mal à l'aise. Ils me regardent de leurs yeux vides. Pourquoi tu es la seule à avoir survécu et pas nous, ils semblent me demander. Je n'en sais rien. Je n'en sais rien ! Laissez-moi tranquille !

Je me suis trompée ! Il y a quelqu'un ! Une femme ! Aperçue fugitivement. Je capte des mouvements du coin de l'œil. Un rire cristallin. Un bruit de course, les pieds nus. Une étoffe blanche qui passe, puis disparaît. Rien de net. Mais je suis sûr qu'il y a une femme. L'espoir renaît. *Je ne suis plus seule !*

Encore une semaine passée à sentir cette femme, l'apercevoir, sans jamais vraiment la trouver. Pourquoi ne se montre-t-elle pas ? Peur ? Je ne veux plus être seule. Avec tous ces morts.

Peut-être que c'est mon imagination. Cette femme. Seule depuis tout ce temps. Pas bon pour le cerveau. Peut-être qu'elle n'existe que dans ma tête. Seule depuis trop longtemps. Si je devenais folle ? Une fois j'ai vu un mort bouger. Peut-être – convulsion post-cadavérique comme j'ai entendu une fois. Mais peut-être aussi folie. Je n'ai jamais été forte en introspection. Que dois-je croire ? Personne à qui en parler. Si ce n'est cette femme. Je dois la retrouver.

Longtemps a passé. Ca se dit, ça ? Beaucoup de temps s'est écoulé. Plus beaucoup revu la femme. De moins en moins, en fait. J'ai tout pris dans la ville, tout utilisé. Vide. Plus que les morts. Plus d'intérêt. Je ne veux plus rester dans cette ville. Mais où aller ? La forêt partout autour. Partout. Je crois que je vais aller en forêt, demain. Chercher de l'eau, à manger. En ville, plus que les morts. J'ai peur de la ville.

Il pleuviote encore. J'ai pris un couteau et suis partie dans la forêt. Cherché à manger. Pas trouvé grand-chose. Faudra y retourner demain. Les baies et les fruits c'est pas grand-chose.

Encore la pluie. Encore la forêt. Mais cette fois devine quoi ! La fille ! Je l'ai trouvée ! Étendue par terre, sous un arbre. Comme si elle s'était endormie en m'attendant. Est-ce que c'est ça ? Elle est si belle. Blanche, blanche comme la neige. Et les lèvres rouges. Les cheveux noirs comme le corbeau. Elle a ouvert les yeux et m'a souri. Je t'attendais depuis longtemps elle m'a dit. Alors pourquoi tu n'es pas venue me voir, je lui ai dit. Je devais attendre elle m'a dit. Attendre quoi ? Attendre le bon moment. Puis elle s'est jetée à mon cou en me murmurant je t'ai attendue si longtemps. Sa peau est fraîche comme une brise de printemps. Non, plus fraîche encore. Elle m'embrasse le cou. C'est bon. Et piquant à la fois. Étrange sensation. Après c'est flou. Elle me fait lui embrasser le cou à elle aussi. C'est chaud dans ma gorge. Salé. Bon et pas bon à la fois. Bizarre aussi. Je me sens fatiguée. Tout s'assombrit. Je ne sais pas pourquoi elle m'a choisie moi. Je ne crois pas que c'est parce que y'a plus personne. Y'a une autre raison. Mais j'ignore laquelle. Elle me tient encore dans ses bras en murmurant bientôt ensemble... Pour toujours... Puis plus rien.

J'ouvre les yeux. Elle est là. Plus blanche que jamais. Les lèvres plus rouges. Ma fille, elle me dit. Je me lève et la rejoins. Elle est belle. La pluie s'est arrêtée de tomber, même s'il y a encore de gros nuages. Il faut partir, elle me dit. Viens avec moi. Tu ne seras plus jamais seule. Je comprends pas mais j'accepte. Je veux plus être dans cette sale ville. Puis je me sens bizarre, je me sens neuve.

Et puis j'ai une drôle de soif.

NATURE MORTE

- Salut, je suis un vampire.

La jeune fille accoudée au bar me dévisagea de ses grands yeux verts, l'air amusée.

- Et moi, la comtesse Bathory, répondit-elle sans se départir de son sourire.

- Tu ne me crois pas ?

Sourire charmant, enjôleur, innocent.

- Si tu me paies un verre, tu peux même prétendre être Jésus, le Diable ou Marylin Manson.

Je m'exécutai. Du coin de l'œil j'admirai encore une fois ses courbes exquises, que sa robe noire serrée mettait délicieusement en valeur. Des résilles ornaient sa poitrine et ses bras, quadrille d'ombre sur un teint de nacre. Sa longue chevelure noire – je soupçonnai que ce fût une coloration – cascadait au cheveu près dans son dos, en deux longs ruisseaux inondant chaque côté de son visage délicat. Maquillage noir et teint pâle, un joli petit corbeau. Elle émanait des effluves de rose, de séduction et de l'insouciance de la jeunesse.

Nos consommations arrivèrent. J'eus du mal à comprendre le prix que l'on m'annonça, de par la musique assourdissante que vomissaient les amplis. Tour à tour Black Metal, Electro Goth, Gothic

Rock, Dark Metal, et j'en passe et des meilleurs. C'était dans ce genre de boîte que je passai la plupart de mes nuits.

– Alors comme ça tu es un vampire ? me demanda ma compagne en sirotant son verre de Malibu coco. – Et ce vampire a-t-il un nom ?

– Je m'appelle James, dis-je en sirotant à mon tour mon verre de Vodka Martini. – Et comment s'appelle la charmante créature à qui je viens d'offrir un verre ?

– Mélissa.

Cette fille était parfaite. C'était l'archétype d'une de ces jeunes demoiselles que l'on appelle Gothiques Médiévales, mes préférées. Même le prénom y était.

– Enchanté, Mélissa, lui dis-je en lui apposant un baisemain délicat.

Elle me fixa du regard sans mot dire. J'aime à croire que je lui plus. Nous discutâmes un moment, essentiellement de nous-mêmes, histoire de faire connaissance, mais aussi d'alcool, de littérature et de musique. Mélissa était fan d'Anne Rice, d'H.P. Lovecraft et de Tolkien, aimait bien le Black Metal mais préférait le Doom ou le Dark Goth Mélodique et avait décroché tous ses posters de Marylin Manson depuis qu'il faisait de la merde à la Linkin Park (ce furent ses mots). Elle était en première année de lettres modernes, avait tout juste dix-huit ans, et espérait devenir soit écrivain, soit chanter dans un groupe de Metal. Voilà pour l'essentiel.

– On va danser ?, finit-elle par proposer.

Nous nous tortillâmes donc sur la piste de danse au milieu d'autres jeunes corbeaux, alternativement sur les hurlements stridents d'une âme tourmentée qui semblait terriblement souffrir, les grognements de ce qui me parut être un ours à l'agonie, de la musique électronique s'inspirant des marches martiales allemandes, un air qui évoquait furieusement une bande de Vikings en route pour mettre à feu et à sang villages et hameaux sur leur passage, et – ma préférence allait à celle-ci, il me faut l'avouer – sur la voix suave d'une femme qui chantait un air aux inspirations vaguement celtique. Je lui repris plusieurs verres, tant et si bien que mon portefeuille se vida à mesure que ses veines s'emplirent d'alcool. Mélissa m'entraîna dans un coin à l'écart de la foule grouillante et s'assit sur un sofa mou, m'invitant à faire de même. Je m'enfonçai dans les limbes du divan et commandai un autre verre pour ma compagne.

– Tu ne bois pas, toi ? me demanda-t-elle, sourire stupide, les yeux brillants – effets secondaires d'un certain abus d'alcool.

– Je préfère boire modérément, dis-je. – Je tiens mal l'alcool.

– C'est vrai que tu es un vampire. Hihi. Tu tiens bien que le sang.

Elle pouffa en passant ses bras autour de mon cou. Fit courir ses lèvres sur les miennes. Elles avaient un goût d'alcool. Sa langue aussi. L'étreinte se poursuivit durant de longues minutes, sous une musique assourdissante et un projecteur qui alternait bleu-vert-rouge-jaune-blanc-bleu-vert-rouge-jaune-blanc comme s'il ne parvenait pas à se décider.

– On va chez toi ou chez moi ?

Elle était une jeune femme directe. Je le lui fis remarquer.

– J'ai pas l'habitude de tourner autour du pot, quand un mec me plaît.

Son ivresse semblait passablement dissipée, comme si elle s'en était en partie déchargée en moi.

– J'ai un appartement près d'ici, et ma voiture est garée à côté. Comment es-tu venue ?

– En bus, je n'ai pas encore le permis.

Nous quittâmes ce lieu de fêtes et sortîmes enfin à l'air libre, loin de la foule et du bruit. Mes excuses : de la musique.

– Wha, c'est la classe une voiture pareille ! s'exclama Mélissa en apercevant ma Dodge Viper GTI SR10 coupé cabriolet, bleue à bandes blanches, moteur V10 600 chevaux.

– Tu sais, il n'est guère surprenant que l'on amasse quelque argent en plusieurs siècles.

Elle pouffa de nouveau avant de prendre place à bord de mon carrosse des temps modernes. Durant tout le trajet elle garda une main sur ma cuisse tout en me dévorant du regard. À nous voir, on aurait dit que le vampire, c'était elle.

Nous ne tardâmes pas à arriver à mes appartements.

– La classe ! S'écria une nouvelle fois Mélissa. Ca fait au moins quatre-cents mètres carrés !

– Seulement trois-cent-vingt-cinq, rectifiai-je.

– Et ce canapé six places, c'est du cuir ?

– C'est du cuir, assurai-je.

– Et ce...

– Ce n'est pas le moment de discuter mobilier, la coupai-je en la prenant par la taille.

Elle m'embrassa. Son goût d'alcool s'était estompé. M'entraînant avec elle, elle s'allongea sur mon lit – deux-cents centimètres sur cent-vingt et draps de satin noir, aurait-elle remarqué si elle avait eu les yeux ouverts. À coups de caresses, de baisers, nous nous défîmes de nos vêtements. Mes mains parcoururent les divers endroits de son corps, ne faisant qu'effleurer certains, s'attardant sur d'autres. Ma bouche en fit de même. En embrassant son cou, je sens palpiter frénétiquement sa jugulaire. Je tente de résister, de retarder le moment fatal, de surmonter le désir, l'attirance, le besoin. Mais c'est plus qu'il ne m'en faut, je plonge mes canines dans la gorge offerte et me délecte du sang qui jaillit dans ma bouche comme si ma vie en dépendait – ce qui est, à vrai dire, le cas. Je suis en extase. Tout mon être est galvanisé par cet apport sanglant, mes muscles se tendent, mon cœur accélère le rythme comme un batteur de rock en transe, gonflé de ce sentiment de jouissance, de puissance, de vie. Il est malheureusement impossible de décrire avec exactitude cette sensation à un non-initié. Mélissa est également transcendée. Elle pousse de petits gémissements. Se convulse. Se mord la lèvre. Agrippe mon dos de ses ongles. Le baiser du vampire fait toujours cet effet aux mortels. Peut-être une compensation offerte à la victime en échange de son sang, comme si Lucifer avait décidé que le contrat n'aurait pas été équitable sans cela.

Mélissa entrouvre les yeux. Elle a dû enfin comprendre.

– Mon dieu, mais... Tu es un vampire ! s'exclame-t-elle à mi-voix.

– Ben... Je te l'avais dit.

– Ho mon dieu! Mondieumondieumondieumon dieumondieu !
Soupire-t-elle entre deux gémissements

– Tu es... un monstre... *gémissement* Une abomination...
autre gémissement Monstre, monstre, monstre, soupire-t-elle en me
serrant plus fort contre elle. Son cœur ralentit, ralentit, ralentit, ne bat
plus. Elle est morte.

Je contemple son cadavre. Qu'ai-je fait ? Elle a raison: Je suis un
monstre! Prendre la vie d'une innocente fleur, à l'apex de son printemps!
Pourtant, ce monstre y peut-il quelque chose ? Victime de ses appétits,
comme en proie lui-même à un monstre plus fort encore. Je ne suis
qu'une faible créature, possédée par des démons intérieurs. Ce n'est pas
ma faute! Comment me délivrer de ce mal ignominieux ? Je demande la
clémence du jury, au même titre que le pauvre fou jugé irresponsable de
ses atrocités. Je suis un monstre, un monstre... Je ne mérite pas de vivre.
Oui, c'est cela ! Dès le lever du soleil, j'irai m'exposer à ses rayons
purificateurs, et m'absoudrai ainsi de tous mes crimes. Je sacrifie mon
existence au profit de l'humanité toute entière. Quelle cause plus noble
pour mourir ? Je mourrai dans l'ombre, ô ironie du destin, mais en mon
âme et conscience, je mourrai en héros! Un héros sauveur de l'humanité,
en cela qu'il choisit sa propre destruction plutôt que celle des autres!
Oui, dès le lever du soleil... Le monde sera débarrassé de ce fléau!

*   *   *

– Salut, je suis un vampire !

La jolie jeune fille en train de remuer sur la piste de danse m'adresse un regard ravi et amusé...

Que voulez-vous...

VAMPIRE, VAMPIRE, VOUS AVEZ DIT VAMPIRE ?

L'immense porte de bois aux nombreuses fioritures se tenait, massive, devant moi. Je pris une profonde inspiration et poussai de toutes mes forces les deux lourds pans qui grincèrent sinistrement, s'ouvrant sur l'obscurité étouffante du hall. Je tâtonnai un moment dans les ténèbres du mur avant de trouver enfin l'interrupteur. L'immense chandelier s'alluma lentement, ampoule après ampoule, chassant les ombres jusque dans les moindres recoins. Tout était silencieux ; les domestiques devaient dormir depuis longtemps. Prenant soin de ne pas faire de bruit, je montai à l'étage et trouvai une chambre poussiéreuse dans laquelle poser mes affaires et m'écrouler après ce long voyage.

– Bonjour, maîtresse. Bienvenue, dit une voix cassée. Une voix de vieille femme.

J'ouvris les yeux doucement. La lumière du jour filtrait à peine au travers des épais rideaux de la chambre.

– Bonjour ! Vous êtes Mme Ionescu, la femme de chambre ?

– Pour vous servir, répondit la vieille femme, qui se tenait sur le seuil. Nous avons reçu votre lettre annonçant votre arrivée. Laissez-moi vous présenter vos domestiques.

Mme Ionescu me guida à travers le château enténébré et me fit entrer dans le salon, une pièce immense au plancher verni et aux murs garnis de tapisseries et de portraits. Je remarquai néanmoins au cadre plus clair sur le mur qu'un tableau avait dû récemment être décroché. Là se tenaient en rang les domestiques, droits comme des statues. D'ailleurs c'était ce dont ils avaient l'air dans l'obscurité, de statues, parfaitement immobiles, aussi statiques dans le décor que les vases ou les armoires. La vieille dame commença les présentations. L'homme d'un certain âge, habillé très chic, en pantalon et gilet noirs avec chemise blanche et cravate rouge, les cheveux peignés en arrière et l'air altier, c'était M. Petrescu, le majordome. La grosse bonne femme aux formes aussi ronde qu'une pomme se prénommait Anna-Maria et elle était la cameriste. Le bonhomme bedonnant et chauve, c'était Mihai, le cuisinier. Quant au beau jeune homme aux longs cheveux noirs, au magnifique nez droit, au visage fin et doux et aux grands yeux d'un vert intense, il s'appelait Vasile, et il exécutait diverses tâches allant du service à de menues réparations. Il me plut tout de suite ; je n'arrêtai pas de le fixer du regard. Et il s'en aperçut. Il me fit un baisemain si délicat que j'en rougis et le remerciai confusément pour ses si bonnes manières.

– À votre service, Mademoiselle, déclara le jeune homme, me tenant toujours la main et me regardant droit dans les yeux.

De magnifiques yeux verts, d'une couleur pure et profonde, captivante et attirante. Je n'avais jamais vu pareil homme. Était-ce son charme exotique ou son accent roumain qui me faisait craquer à ce point ? Quoi qu'il en fût, mon cœur battait la mesure comme les sabots d'un taureau dans l'arène.

Je passai ensuite le reste de la journée à Bucarest à régler quelque affaire administrative et ne revis pas mon charmant jeune homme jusqu'au soir.

Allongée sur mon lit à baldaquins, je ne parvenais pas à trouver le sommeil – sûrement le décalage horaire, le dépaysement ou Dieu sait quoi. Je restai donc à méditer. Revenir sur les terres de ma famille. Pourquoi pas ? En y repensant, la seule chose bizarre était la façon dont cette envie m'était venue. Père m'avait parlé du vieux château que notre famille possédait au cœur des Carpates depuis trois-cents ans et qui n'était plus habité que par les domestiques depuis ces dernières décennies. Ils étaient bien heureux de loger dans un tel cadre, avec pour seule obligation celle d'entretenir la bâtisse. Père m'avait montré une photographie, également. J'avais senti un besoin irrépressible d'aller visiter ce château, de découvrir le lieu où avaient vécu mes aïeux, d'opérer en quelque sorte un retour aux sources. C'était comme si la bâtisse m'appelait à elle. La sensation était en tout cas très étrange. Finalement, je pris mon chéquier, une petite valise, et un taxi pour

Roissy. Une fois sur place, je sautai dans le premier avion en direction de Bucarest.

– Sandra, tu es folle d'y aller comme ça ! M'avait dit Père lorsque je lui téléphonai depuis le hall de l'aéroport.

– Papa, je suis une grande fille... Je serai de retour dans quelques semaines ne t'en fais pas !

Mes rêveries s'estompèrent à mesure que les coups frappés à la porte se firent entendre. La nuit était déjà tombée, et la lune, presque pleine, illuminait doucement ma chambre. En ouvrant, je fus charmée de découvrir le beau Vasile, une théière dans une main et une tasse remplie dans l'autre.

– J'ai pensé que peut-être vous auriez envie d'un bon thé chaud. Les nuits sont fraîches par ici.

Je fus touchée par cette attention, et il le remarqua.

– Tout faire pour le confort de son hôte est le devoir de tout serviteur, dit-il en inclinant la tête, un léger sourire illuminant son visage.

Quelle prestance pour un serviteur... Il avait plus l'air d'un noble que d'un valet.

– Partagerez-vous ce thé avec moi ?

– Merci, je ne bois pas de thé, répondit-il avec le même sourire.

– Votre main est glacée, lui fis-je remarquer lorsqu'il me tendait la tasse et que nos doigts s'effleurèrent. Êtes-vous sûr de ne pas vouloir un peu de thé pour vous réchauffer ?

– Vous êtes trop aimable, mademoiselle Sandra, ne vous souciez pas de moi, il y a fort longtemps que les froides nuits des Carpates ne me font plus aucun effet.

J'appréciai la tournure désuète de l'interpellation. – Mademoiselle Sandra. Et sur ce, il se retira, me saluant humblement et me souhaitant la bonne nuit. Quel jeune homme renversant !

Ce soir-là je ne m'endormis pas tout de suite. La désagréable sensation d'être épiée me taraudait. Peut-être n'était-ce que mon imagination, ou bien que sais-je, mais je me levai à maintes reprises vérifier qu'il n'y avait personne à la fenêtre, ce qui était peu probable étant donné la vue : Un immense précipice à pic, donnant sur la route en contrebas. Pourtant, à la énième fois que je vérifiais, il me sembla apercevoir Vasile derrière la vitre. Je tirai vivement le rideau, mais l'image disparut aussitôt.

Je devrais cesser de penser à ce garçon, me tançai-je. *Cela me donne des hallucinations.*

Je m'endormis petit à petit, maintenant que ce sentiment d'être épiée m'avait quittée. Mais lorsque mon esprit sombra dans l'inconscience il me semblait que la douce voix de Vasile m'accompagnait dans le domaine des songes.

Je me réveillai en sursaut, m'asseyant brusquement sur mon lit. De mon rêve il ne me restait que quelques bribes. Le beau jeune homme s'approchait de moi. Il se penchait et me baisait les joues, les lèvres, le cou, puis cette douleur insupportable mêlée d'extase... Je portai les doigts à mon cou. J'avais une légère irritation, et la tête me tournait. J'avais dû être mordue par une araignée ou quelque chose comme ça durant la nuit, ce qui aura influencé mon rêve. Je me levai et me dirigeai vers les cuisines. Une musique attira mon attention. Je restai un long moment devant la petite chambre d'où venait la mélodie, sans bouger.

– Vous aimez Mozart ?

Je me retournai en sursautant, puis, reprenant mon calme, souris.

– Permettez-moi de vous retourner la question, cher Vasile.

– Mozart me rappelle tellement de souvenirs, c'est une partie de ma vie. Comment trouvez-vous son Requiem ?

– C'est très... Émouvant. N'est-ce pas un violon que je vois là ? Vous en jouez ?

– Très modestement. Je serais enchanté si vous daigniez m'accorder un peu de votre temps à m'écouter.

Comme je le priais de jouer un petit air, il retira le vinyle de la platine, saisit délicatement son instrument comme s'il ce fût agit d'une amante et, portant l'archet aux cordes, il tira une sonate qui me captiva et me subjugua entièrement. J'écoutai sans bouger, comme envoûtée par la mélodie, une mélodie qui ne semblait pas pouvoir venir d'un homme. Lorsqu'enfin Vasile eût fini de jouer, il rouvrit les yeux et sourit.

– C'est... C'était magnifique, murmurai-je.

Je n'avais effectivement jamais rien entendu de pareil. Il partit d'un rire clair et sonnant et reposa le violon à sa place.

– Rien d'aussi magnifique que ce que je contemple, souffla-t-il, me fixant droit dans les yeux.

Mon cœur manqua un battement. Puis il détourna la tête et, regardant la fenêtre, dit doucement :

– Le soleil va bientôt se lever, vous devriez aller vous recoucher, mademoiselle Sandra. Pardonnez-moi de vous avoir retenu si longtemps avec ma musique.

J'acquiesçai et regagnai mes appartements après un dernier regard pour le jeune homme.

Je m'éveillai aux alentours de dix heures. La table était dressée mais je ne vis nulle trace des domestiques du château. Peut-être vaquaient-ils à leurs occupations ailleurs. Ce château était si grand.

Après manger, je passai toute l'après-midi dans la bibliothèque à consulter les archives du château. Depuis 1205 la demeure avait appartenu aux Voïvodes de la famille Giurescu, jusqu'à ce que Daniel de Malleroy, mon aïeul, l'acquière auprès de la famille désormais ruinée, en 1794. Les Giurescu comme les de Malleroy avaient toujours pris un soin extrême de cette demeure qui servait de résidence estivale, du moins jusqu'à la mort de Jérémy de Malleroy, mon grand-père, en 1986. Père n'avait jamais apprécié ce château, mais il lui était impossible de le vendre du fait de sa réputation. Il avait fini par capituler, et avait laissé les quelques domestiques s'occuper des lieux. C'était donc la première fois que j'y venais.

Une multitude de légendes couraient sur le château et les alentours. *Comment pourrait-il en être autrement*, songeai-je. *Un vieux château perdu dans les Carpates qui n'a pas ses histoires de vampires et de loup-garous, ça n'existe pas.* On prétendait que les vampires hantaient les terres à la recherche de victimes innocentes, les saignant à blanc et laissant leur cadavre comme autant de signes probants de leur supériorité animale. Il paraissait même qu'un vampire en personne aurait habité le château. *Du folklore Roumain tout ce qu'il y a de plus classique.* Cela me rappelait tout ce qu'avait dit Éric avant que je ne parte et me fit sourire.

– Fais attention à toi, surtout ! Tu ne sais pas quels dangers rôdent là-bas ! C'est pas Paris !

Éric avait toujours été très impressionnable. J'aimais mon frère, attention, mais c'était un garçon fragile et instable. Passionné par tout ce qui avait trait au surnaturel et à l'inexplicable, il était convaincu qu'il existait des forces supérieures à nous. Il était capable de trouver le moindre petit détail pour étayer ses arguments en faveur de l'existence des vampires, fantômes, et autres lutins. Il avait parfois un comportement... virulent... Surtout face à l'incrédulité des autres. Comme il le disait lui-même, cela le rendait fou que les gens ne se rendent pas compte de tout ce qui les entoure, et lui donnait envie de hurler. Son traitement, prescrit par les médecins de l'hôpital psychiatrique Sainte-Anne ne faisait que stabiliser son état, mais j'ai toujours su que jamais il ne serait un garçon... normal .

Vingt heures sonnèrent. Je revins à moi en sursaut. La nuit était déjà tombée, et je n'y voyais presque plus rien dans l'immense bibliothèque. La fatigue se faisait lourdement sentir ; je me massai les tempes et me frottai les yeux. *Cela m'apprendra à rester plongée aussi longtemps dans les bouquins !* J'aperçus dans la vitre un visage sombre et inquiétant qui me fit sursauter. Vasile ! Je me retournai ; il se tenait juste derrière moi.

– Je vous ai fait peur ? Pardonnez-moi, cela n'était guère mon intention.

Je regardai à nouveau la vitre mais ne vis que mon reflet et celui du beau jeune homme.

– Ce n'est rien, c'est la fatigue. J'ai passé l'après-midi à fouiller les archives de la maison, et mon esprit n'est plus tout à fait clair.

– Le repas sera bientôt prêt ; si vous avez besoin de quoi que ce soit, je suis à votre disposition.

Je le remerciai et m'affaissai dans le fauteuil. En me massant les tempes, je repensai cette horrible vision, dans le reflet de la vitre. J'avais vraiment besoin de faire une pause.

Je me levai finalement et cherchai la cuisine. Mihai préparait le repas, secondé par Vasile.

– Vasile, puis-je vous aider ?

Ma voix le fit sursauter et la lame du couteau avec lequel il épluchait les légumes lui entailla la main.

– Ho, veuillez m'excuser, bredouillai-je, vous vous êtes blessé par ma faute, je suis vraiment désolée, laissez-moi vous...

– Ce n'est rien, assura-t-il, la lame n'a fait que m'effleurer.

– Non, vous êtes blessé et...

Je m'arrêtai net. Aucune blessure sur la main du jeune homme. Pourtant J'aurais juré avoir vu la lame trancher la paume !

– Excusez-moi, je ne vais pas très bien aujourd'hui, je devrais aller m'étendre un moment, murmurai-je, hébétée.

Vasile m'emmena au salon, m'allongea sur le sofa et m'apporta un verre d'eau. À mon réveil, le repas était prêt. La table dressée n'attendait que moi. Sans me faire prier je m'assis et dévorai mon repas.

– Je... J'ai besoin de reprendre des forces... Le voyage, le décalage horaire, vous voyez, m'empressai-je de justifier devant le regard amusé de mon beau serviteur.

Il balaya l'excuse d'un signe de tête cordial.

– Dites-moi, Vasile... Pourquoi personne ne mange avec moi ?

– La place d'un serviteur n'est pas à la table du maître, mademoiselle Sandra. Les domestiques ont leur propre salle à manger dans leurs quartiers.

Je soupirai. Pareille tradition me semblait bien étrange, mais puisque telle était la coutume, ici...

– Un tableau a été décroché, récemment, non ? demandai-je lorsque mon regard se posa sur le cadre plus clair dessiné sur le mur.

– En effet. Mademoiselle est observatrice, sourit-il.

– Pourquoi l'avoir enlevé ?

– Il est en restauration. Une récente infiltration a endommagé ce superbe portrait de votre ancêtre Daniel. Comme vous l'avez peut-être constaté, chacun de vos aïeux figure au mur, sauf lui. Jusqu'au retour de son tableau, du moins.

Je remerciai Vasile pour ces informations et continuai mon repas.

La grosse horloge sonnait vingt et une heures lorsque je repartis vers la bibliothèque. J'étais avide d'apprendre l'histoire de ma famille et de ce château. Père s'était toujours montré très réticent à m'en parler. Je soupçonnai qu'il n'appréciait guère cette ancienne demeure, ni même le pays où elle se trouvait. Il avait toujours été assez chauvin, du genre - on n'est jamais mieux que chez soi. Je trouvai une courte biographie de mon aïeul Daniel. Un gros livre à la couverture rouge et aux lettres d'or. Apparemment, il était contemporain de son sujet. Plusieurs pages avaient été rongées par les rats.

Né du Sieur Jean-Ferdinand de Malleroy et de Mademoiselle Léa de Beauregard, le jeune Daniel de Malleroy possédait un goût poussé pour l'aventure. À seulement vingt-cinq ans il avait déjà visité une bonne moitié de l'Europe. C'est au cours de l'un de ses voyages en Roumanie qu'il avait rencontré la famille Giurescu, d'anciens nobles ruinés qui lui vendirent leur propriété pour une bouchée de pain. Apparemment, selon les croyances populaires, un vampire occupait le château depuis des siècles. Ce fut d'ailleurs la cause de la ruine des Giurescu. La famille était honnie et fuie par les villageois, de peur qu'elle fût constituée de vampires. Elle s'exila donc à l'étranger refaire une nouvelle vie après avoir cédé leur château « maudit » au jeune Français, qui en fit sa résidence estivale. Malheureusement, après quelques semaines seulement, Daniel disparut sans laisser de traces. Bien entendu, les histoires allèrent bon train, au village. Tous étaient persuadés que le jeune Français avait péri des mains d'un vampire.

Tous les événements étranges survenus depuis mon arrivée me revinrent en mémoire. La sensation d'être épiée, le rêve avec la morsure, mes hallucinations dans le reflet de la fenêtre, la furtivité de Vasile, sa main glacée, coupée sans l'être, ses dons quasi divins pour le violon, ...

– Tout va bien, mademoiselle ?

La voix du jeune homme me fit sursauter. Je refermai mon livre en hâte et bafouillai quelque chose d'inintelligible. Vasile réitéra sa question, l'air visiblement inquiet.

– Ca va, ça va...

– Vous semblez bouleversée... Quelque chose ne va pas ?

Je déglutis péniblement. Comment lui avouer qu'il était la cause de mes tourments sans provoquer son ire ? D'autant plus que je me faisais certainement des idées, toutes ces histoires n'étaient qu'un ramassis de légendes et de superstitions, et mes hallucinations un concours de circonstances mêlé de fatigue.

– C'est... Le dépaysement. J'ai juste besoin de m'accoutumer un peu à tout cela.

Il compatit d'un signe de tête et posa délicatement sa main sur mon épaule avant de retourner vaquer à ses occupations, l'air pensif.

Une sonnerie retentit, me tirant de mes interrogations. Décrochant mon téléphone portable, je reconnus tout de suite la voix de mon frère à l'autre bout du fil.

– Petite sœur ? C'est Éric. Comment ça va, en Roumanie ?

– Bien, bien... C'est un étrange pays, mais il a son charme.

Silence. J'étais déjà repartie dans mes pensées.

– Dis-moi tu as l'air bizarre. Quelque chose ne va pas ?

Je mis un temps avant de répondre.

– Ne t'inquiète pas. C'est la fatigue. Rien de bien méchant.

Nous terminâmes sur les banalités d'usage.

Une série de coups frappés à ma porte me tirèrent de mon sommeil. Un nouveau jour illuminait doucement la chambre. Voir le visage de mon frère acheva de me dérouter.

– Que... Qu'est-ce que tu fais là ?

– Je viens voir à quoi ressemble notre propriété, fit-il, l'air le plus innocent du monde.

– Mais... Je croyais que ça ne t'intéressait pas tellement...

– Oui, j'avais dû dire quelque chose comme "cette vieille baraque perdue au bout du monde ne m'inspire pas du tout." C'est justement pour ça que je suis là.

Je ne comprenais rien, et le dévisageais comme pour faire sortir les pensées de son crâne.

– Je voulais simplement voir si tout allait bien pour ma petite sœur, dit-il en m'embrassant sur la joue.

Quel doux euphémisme ! Je n'étais pas dupe, il était encore en crise. Crise légère, certes, mais crise tout de même. Dans ces moments-là, il était pris d'accès de paranoïa, délire de persécution, et en conséquence se montrait parfois violent. Je redoutais de l'avoir alarmé hier avec mon air absent au téléphone. Il me jeta un regard circonspect alors que je me rallongeai.

– Quelque chose ne va pas ?

– Non, rien. J'ai juste besoin de repos. Excuse-moi de cet accueil. Je vais appeler Vasile, qu'il te prépare une chambre.

– Ne t'en fais pas, tout est déjà prêt. Je l'ai informé de ma venue après t'avoir appelée.

Le soir-même, je surpris une conversation entre Éric et Vasile. Avant même de les voir je reconnus la voix haut perchée de mon frère et l'épais accent du Roumain.

– Vous travaillez au château depuis longtemps ? demanda Éric à brûle-pourpoint.

– Depuis une éternité, répondit Vasile d'un ton léger.

– Et que faites-vous, au juste ?

– Ho, un peu de tout. J'aide à changer les draps, je répare ce qui doit l'être, je dresse la table, fais les courses. J'aide souvent Mihai, notre cuisinier si distrait. Le pauvre homme passe son temps à égarer ses ustensiles et perd un temps fou à les chercher partout ! On peut dire en fait que j'aide tout le monde sans rien faire de capital, conclut-il avec un petit rire.

Le regard suspicieux qu'Éric lui lança me fit froid dans le dos. Cela n'augurait rien de bon pour la suite...

La chambre qui avait été apprêtée pour lui laissa Éric pantois. Tout semblait démesuré. Un immense lit à baldaquins dans lequel il pouvait aisément loger en trois exemplaires, un plancher couvert d'un tapis luxueux aux motifs extravagants, des tapisseries rouge et or resplendissantes, des chandeliers hauts comme la moitié d'un homme... Jamais il n'avait vu telle splendeur faite mobilier, ce furent ses propres mots. Vasile le salua en s'inclinant humblement avant de disparaître dans les ténèbres du couloir.

Je ne saurais raconter avec exactitude ce qui s'est réellement passé cette nuit-là. Je crois que j'étais en train de faire un rêve. Ou plus exactement un cauchemar. Le seul souvenir que j'en garde est une sensation d'oppression, un poids sur mon corps, et la blancheur d'une paire de crocs prêts à plonger sur ma gorge palpitante.

À mon réveil, je n'eus pas le temps de réagir que je vis Vasile voler à l'autre bout de la pièce sous la puissance du coup de poing d'Éric. J'exagère peut-être un peu la scène, mais dans mes souvenirs confus, c'est ainsi que cela s'est produit.

– Qu'est-ce que vous faites à ma sœur ? hurla-t-il.

Le jeune Roumain se releva lentement, massant son visage rougi par le choc. Il soutint le regard de son adversaire furibond.

– Vous n'y êtes pas allé de main morte, dit-il sèchement. Qu'est-ce qui vous prend de frapper les gens comme ça ?

La réplique acheva de décontenancer Éric, qui ne sut que répondre.

– Mademoiselle Sandra faisait un violent cauchemar. Elle hurlait et battait l'air de ses poings. J'essayais de la calmer, rien d'autre.

– Que s'est-il passé ? Demandai-je enfin. Le son de ma voix interrompit leur dispute.

Vasile se dirigea vers le lit. Éric se raidit mais le laissa faire.

– Ce n'est rien. Vous avez fait un mauvais rêve. Prenez cette tisane et rendormez-vous, me dit-il doucement.

Il invita d'un geste Éric à le suivre hors de la pièce. Ils se séparèrent sans échanger un mot.

Le lendemain matin, Éric était à mes côté alors que j'ouvrais les yeux.

– Comment te sens-tu ?

– Mieux, merci.

– Que s'est-il passé exactement ?

– Je ne sais plus très bien. Je crois que j'ai fait un rêve...

L'air grave de mon frère me fit baisser les yeux. Il m'avait toujours beaucoup impressionnée. J'ai peine à l'avouer, mais il me faisait parfois un peu peur.

– Tu *crois* que tu as fait un rêve ?

– C'était tellement réaliste. Une forme noire se penchait sur moi. Je sentais qu'elle en voulait à ma vie. Je hurlais, hurlais, je me débattais mais elle ne me lâchait pas. Puis j'ai senti qu'on me saisissait les bras. Je veux dire, dans la réalité. Mais le rêve continuait quand même, je n'arrivais pas à en sortir. C'était... Effrayant. Puis je me suis réveillée après que la chose m'ait brusquement lâchée. Et vous étiez là, toi et Vasile, à vous regarder en chiens de faïence.

– Tu n'as rien remarqué de bizarre avec lui, à ce propos ?

– Que veux-tu dire ?

– Je l'ai trouvé penché sur toi, te tenant les poignets, quand je suis arrivé, Sandra...

Toute couleur quitta mon visage. Du moins, c'est ce que j'imagine, vu le regard suspicieux qu'Éric me lançait désormais. Je sentais que je ne pourrais pas lui cacher les événements étranges de ces derniers jours encore très longtemps.

– Je crois que tu as des choses à me dire, déclara-t-il gravement.

Après un long silence, je lui confiai enfin toutes mes peurs, toutes les choses étranges qui m'avaient troublée. Les visions fugitives à propos de Vasile, l'impression d'être épiée, les choses que je croyais voir mais qui passaient aussitôt, les rêves trop réalistes pour ne pas s'en inquiéter, le charme que le jeune homme exerçait sur moi, comme un envoûtement magique, son habileté à apparaître silencieusement et disparaître de la même façon. Et surtout, le fait que je ne l'avais toujours vu que la nuit jusqu'ici.

– Ce n'est probablement rien, tu sais. Je tentai de rire pour détendre l'atmosphère. Je suis sure que ce n'est rien. Tout vient probablement de moi, tu sais comme j'ai toujours été impressionnable. Et tout ce climat de superstition et de légendes qui règne ici n'arrange pas les choses. Tu sais que lorsque j'ai annoncé que j'étais la jeune Française qui venait habiter le château, tout le monde dans le village m'a regardée comme si j'allais mourir ! J'en ai vu plusieurs se signer, et une vieille dame a fait de ses mains le symbole pour éloigner le mauvais œil. Comment veux-tu qu'avec ça je ne me fasse pas des idées quant au château ? Non, ne t'inquiète pas, c'est probablement mon esprit qui me joue des tours. Tu penses vraiment que Vasile pourrait être un vampire ?

Je partis d'un rire que je voulais enjoué. Mais même à mes oreilles il sonnait faux.

– Prends soin de toi, me dit Éric avant de filer.

Les jours suivant, il passa beaucoup de temps à la bibliothèque et au village. Il ne me dit rien de ses occupations, mais je savais très bien qu'il ruminait quelque chose. À tous les coups il se renseignait sur les vampires, les loups-garous, et autres monstres légendaires… Je l'imaginais bien dévaliser l'épicerie de son stock d'ail, recueillir de l'eau bénite dans l'église du village, se barder de croix et se tailler un pieu dans un vieux pied de chaise... Je commençai à m'inquiéter. Je ne voyais que très peu Éric, principalement lors des repas, durant lesquels il ne décrochait presque aucun mot et se contentait de picorer son dîner d'un air pensif.

– Éric ?

– Hmmm ?

– Qu'est-ce qui ne va pas ?

– Rien, rien, ne t'inquiète pas.

Il entreprit de manger son potage, le visage penché sur son assiette.

– Éric...

– Hmmmm ! légèrement agacé.

– Ne va pas faire de bêtise. Je te connais, je sais à quoi tu penses.

– T'inquiète, t'inquiète.

Il se leva de table et se retira dans la bibliothèque. J'avais un mauvais pressentiment.

Cette nuit je fis un rêve étrange. Je me promenais avec Vasile, dans le noir complet. Soudain, je le perdis de vue. Je l'appelai, l'appelai, sans réponse. Puis du coin de l'œil j'aperçus une forme fugitive. Je courus après, et finalement remarquai que c'était un homme de dos, vêtu d'une large cape noire. Je le rattrapai, et quand je lui posai la main sur l'épaule il fit volte-face. Je reconnus alors Éric, les yeux caverneux, les lèvres écarlates maculées de sang, de longues canines dénudées. Il tenait entre ses mains quelque chose. Je ne vis d'abord pas ce que c'était, puis, soudain, le comble de l'horreur me frappa ! Grand Dieu ! C'était la tête tranchée de Vasile !

Je me réveillai en sursaut, les yeux écarquillés de terreur. Il me fallut de longues minutes avant de reprendre mon souffle. Le jour se levait à peine. Il fallait que je trouve Éric, que je lui dise d'arrêter ses âneries et de rentrer à Paris. Et Vasile aussi. Je voulais me jeter dans ses bras, lui dire que j'étais désolée, même l'embrasser, peut-être. Je voyais déjà l'expression surprise de son visage alors qu'il me demanderait : « désolée de quoi, mademoiselle Sandra ? »

Je me levai, m'habillai en vitesse, et courus dans les couloirs. Je fis irruption dans la bibliothèque, mais ne trouvai qu'une pile de livres sur les vampires et le folklore roumain.

Personne non plus dans l'immense salle à manger, sinon M. Petrescu en train de ranger de la vaisselle, des ustensiles et des condiments ; sel, poivre, herbes, rien que de l'ordinaire. Je lui demandai s'il n'avait pas vu Éric ou Vasile.

– Je n'ai pas vu Vasile depuis plusieurs heures, non. Toutefois, j'ai vu Monsieur Éric après qu'il eut pris son petit déjeuner fort tôt. Je ne sais pas où il est allé ensuite.

Je le remerciai d'un signe de tête et repartis en courant à travers les couloirs. Arrivée en cuisine, je vis Mihai penché sur le plan de travail. Même question. Lui n'avait vu aucun des deux hommes. Alors que je repris ma course, je l'entendis grommeler : « Saleté de coutelas, qu'ai-je bien pu en faire ? » mais n'y prêtais aucune attention. Laissons le cuisinier désordonné avec ses déboires de cuisine.

Personne non plus dans le séjour. Dans les couloirs, je croisai Mme Ionescu et lui posai la question. Elle avait vu Éric descendre du troisième étage, lui semblait-il. Il avait croisé Vasile dans ce couloir, précisément, et les deux hommes avaient discuté un peu. Elle était partie nettoyer une chambre, et à son retour, ils n'étaient plus là. Je débaroulai dans les escaliers. À cet étage, il n'y avait rien d'autres que quelques chambres inutilisées, et l'accès au grenier. Après avoir ouvert toutes les portes, je décidai de jeter un œil là-haut. Rien que des vieux meubles, de la poussière, et une chaise en bois toute cassée.

Enfin, ayant fouillé la bâtisse de fond en comble, je me dirigeai vers le dernier endroit inexploré : l'arrière-cour. Le cœur battant, je m'attendais à trouver enfin mon beau serviteur, et mettre un terme à la ridicule mascarade jouée par mon esprit. L'arrière-cour donnait sur un jardin battu par les vents, doté d'une magnifique vue sur les montagnes environnantes, à condition de ne pas avoir peur de l'à-pic qui se trouvait derrière les barrières. Enfin j'y trouvai Éric, occupé à alimenter un large feu de camp qui dégageait une épaisse fumée noire. Sur une nappe, à ses pieds, étaient posées une gourde et des saucisses empalées sur une broche.

– Ho, salut, Sandra ! me lança-t-il joyeusement. Tu veux faire un barbecue à l'ancienne avec moi ? Voyant le temps qu'il va faire une fois le soleil levé, je me suis dit que ce serait sympa.

Sans prendre le temps de répondre à sa question, je lui demandai entre deux halètements s'il avait vu Vasile quelque part.

Il me sourit doucement.

– Vasile ? Il m'a dit qu'il était parti faire des courses en ville.

Je me sentis rassérénée. Toutefois, je ne pus m'empêcher de demander :

– Tu l'as croisé peu avant qu'il ne parte ; de quoi avez-vous parlé ?

– Ho, de tout et de rien. Je lui ai présenté mes excuses pour l'avoir frappé, et il les a acceptées. Saucisse ? Elles sont bien dorées, avec ce magnifique feu.

– Non, je te remercie. Je ne sais pas comment tu peux manger ça à peine levé...

– En fait, je ne me suis même pas couché, sourit-il. Tu devrais prendre un petit-déjeuner malgré tout. Peut-être même simplement un thé.

– Tu as raison. À tout à l'heure.

Je sentis mon cœur ralentir. Tout allait bien. Vasile était simplement parti en ville très tôt ce matin. Tout n'était que le fruit de mon imagination. Mon frère n'était pas un psychopathe s'apprêtant à occire un vampire imaginaire. Il n'y avait *aucun* vampire.

– Un vampire... murmurai-je, amusée. Comme si les vampires existaient...

– Est-ce là ce que vous pensez, mademoiselle ?

La voix de M. Petrescu me fit sursauter. Dans le salon enténébré, je me retournai vers lui.

– Que voulez-vous dire ?

– Pensez-vous que les vampires sont une invention folklorique ? demanda-t-il froidement.

– Veuillez me pardonner si j'ai offensé vos croyances. bredouillai-je. J'ignorais que les Roumains étaient si susceptibles quant à leur culture.

– Je n'ai guère de temps pour vous expliquer ; je ferai toutefois de mon mieux. Il marchait lentement, les mains dans le dos, tout en parlant sans me regarder. Voyez-vous, Mademoiselle, les vampires existent bel et bien. En Roumanie, nous le savons depuis toujours. Vous avez dû remarquer le comportement des gens, au village. À Bucarest, les citadins ont peut-être oublié leurs racines, mais nous nous en souvenons, à la campagne.

– Je vous présente mes excuses si je vous ai vexé... commençai-je.

Mais il leva une main pour m'interrompre. Un tel comportement chez un domestique ; j'avais vraiment dû heurter sa fierté roumaine !

– Ne vous excusez pas. Les vampires existent, disais-je. Il y en a même un dans ce château.

– Ne me dites pas que vous prenez vous aussi Vasile pour un vampire ! m'écriai-je, sidérée.

– Bien que Vasile ne soit qu'un alias, vous avez vu juste. Son véritable nom, vous le connaissez déjà : Daniel de Malleroy, votre ancêtre.

– Ne soyez pas ridicule ! commençai-je.

Mais il m'ignora.

– Son accent roumain ? Factice, tout autant que son nom d'emprunt. N'avez-vous pas remarqué que, par un curieux hasard, le portrait de votre aïeul ait été décroché du mur, et manque dans sa biographie ? La ressemblance entre un homme mort depuis plusieurs siècles et un domestique contemporain vous aurait sûrement... frappée, pour le moins. Vous avez dû remarquer toutes les choses étranges qui peuvent démasquer un vampire ; sa peau glaciale, son aura envoûtante, sa capacité à apparaître près de vous sans l'avoir vu venir, sa tendance à ne jamais être vu en plein jour...

– Vous êtes fou... murmurai-je. Ou alors vous me faites une sinistre farce... Je commençai à ressentir une indicible terreur.

– J'eus aimé qu'il en soit ainsi, Mademoiselle. Pourtant je vous livre la vérité. Un vampire vivait ici.

Je mis un moment avant de réagir.

– "Vivait" ?

– Oui. Votre charmant frère l'a occis quelques instants auparavant, avant de brûler son corps.

Comment ? Éric, tuer Vasile ? Je ne pouvais y croire. Puis, devant le regard infiniment sérieux de M. Petrescu, devant toutes les accablantes preuves qui se bousculaient dans ma tête, mon esprit accepta le plus improbable.

– Alors... Il m'a sauvée en tuant le vampire... soufflai-je. Il nous a tous sauvés...

– Ho, il nous a sauvés, oui, sourit mon interlocuteur. Il nous a sauvés *nous*, mais pas *vous*.

Son rictus m'arracha un frisson. D'instinct, je reculai vers la porte du salon.

– Voyez-vous, un vampire peut transformer un humain en créature de la nuit. Il en devient alors le maître incontestable. Ces vampires sous l'emprise de leur créateur s'appellent, chez certains, des Goules. Elles sont asservies jusqu'à ce que leur maître ne brise sciemment le lien qui les unit, ou bien... ne meure... Votre frère, dans cet élan protecteur qui l'a poussé à planter dans le cœur de Daniel, ou Vasile, un pieu artisanal fait à partir d'un pied de chaise, a ainsi brisé ce lien qui nous unissait à lui. Nous l'avons tous ressenti instantanément, et avons savouré ce sentiment de liberté.

– "Nous" ? coassai-je, la gorge sèche.

– Oui, nous. Nous, les domestiques. Nous, les Goules sous l'emprise d'un vampire depuis plusieurs siècles, malgré nos supplications et notre désir de liberté. Voyez-vous, c'est volontairement que Daniel est devenu vampire. Avec sa soif d'aventure et de découvertes, il désirait plus que tout vivre éternellement. Mais la solitude finit par lui peser ; sa femme et son fils étaient restés en France, et quand bien même, il ne pouvait désormais plus vivre auprès d'eux. Alors il a fait de nous ses compagnons d'éternité. Non pas que nous eûmes tellement le choix... Bien entendu, il nous avait interdit de toucher à sa descendance, faisant de cet ordre un impératif surnaturel. Ordre qui n'a, bien entendu, plus lieu d'être grâce à votre cher frère.

Je reculai pas à pas, la peur au ventre. Je devais m'échapper ! Je devais atteindre la porte du salon et courir aussi vite que je le pouvais vers le vestibule ! Je devais –

Une poigne de fer m'attrapa soudain, derrière moi.

– Et ce sera un réel plaisir que d'exercer notre vengeance, frustrée depuis plusieurs siècles, sur sa tendre descendance... ricana Mme Ionescu. Si vous saviez comme il était frustrant de devoir jouer les domestiques auprès des vôtres, ces décennies durant...

– D'autant plus qu'après votre mort – extrêmement douloureuse, j'en ai bien peur – vous serez notre Goule, notre esclave éternelle... Quelle douce ironie !

– Lâchez-moi... Je vous en prie...

Je sentais de chaudes larmes couler sur mes joues.

– N'aie pas peur, ma sœur. Rejoins-nous.

Un gémissement ténu s'échappa de ma gorge serrée. Éric, les yeux vitreux, les lèvres ensanglantées, se tenait devant moi, accompagné de Mihail.

– Rejoins-nous, reprit-il, l'air absent, nous partagerons l'éternité ensemble.

– Non, non, non... Pas toi, pas toi... Mon cher frère... pleurai-je doucement.

Puis la douleur explosa tandis que je sentais griffes et crocs me précipiter vers le sol et percer mes chairs, répandant mon sang écarlate sur ma peau de nacre par des milliers de coupures, déchirures, zébrures...

Et enfin les ténèbres m'enveloppèrent. Mais malheureusement pas pour longtemps...

LA MAISON DES MORTS

Il est une maison, dans une noire forêt,
Où nous nous retrouvons tous un jour ou l'autre.

Les plus vieux se gaussent des nouveaux arrivés.
De l'horreur, de la laideur, ils sont les apôtres.
Ils exhibent leurs boyaux habités par les vers,
Leur cervelle qui coule le long de leur crâne,
Leur langue suppurante, leur teint bleu ou vert,
Leurs chairs putréfiées, macérant dans leur bière,
Suintant un abondant liquide visqueux et infâme.
Ils en sont fiers.

Les jeunes se contentent d'une plaie béante,
D'un crâne fracassé, d'un teint légèrement vert,
D'yeux vitreux, pupilles latentes.
Ils ont hâte de pourrir, de répandre au sol leur chair,
De rire, rire à leur tour de ces jeunes insipides.

Ils ont hâte que leur carcasse ne soit plus qu'une bouillie de viande putride.

Plus l'on est pourri, décomposé, gâté, putréfié, liquéfié,

Plus l'on est respecté.

Nous sommes déjà nombreux, mais nous voulons l'être plus encore.

Lorsque vous passez près de la maison, entre la vie et la mort,

Nos mains pourries se tendent presque malgré nous.

Chairs en lambeaux, muscles putréfiés, os brisés fusent vers vous.

Nous tentons de vous attraper, vous êtes dans notre mire.

Nos yeux globuleux, vitreux, vous fixent, vous désirent.

Nos dents éparses, jaunies, pourries mais aiguisées

Ne demandent qu'à plonger dans vos chairs tendres,

Roses et fraîches, pour les corrompre, les souiller,

Les rendre couleur cendre.

Nous vous désirons désespérément. Et nous vous attendons.

Car soyez sûrs que vous nous rejoindrez.

Vous nous rejoignez toujours, qui que vous soyez.

Roi ou manant, nous vous attendons, patientons.

Car vous viendrez, indubitablement.

Oh oui, vous viendrez.

CEUX QUI CULTIVENT LA TERRE

Le soleil brillait haut dans le ciel et déversait du feu liquide sur la petite plantation. Nous nous escrimions, suant sous la chaleur, au milieu des plants de canne à sucre. L'on entendait de temps en temps le commandeur, sorti de sa torpeur, nous hurler des ordres répétitifs.

– Allez bande de négros, on s'dépêche, le sucre y va pas s'ramasser tout seul !

En y repensant aujourd'hui, l'ironie de la chose était mordante ; lui-même n'était qu'un mulâtre, réprouvant autant que possible son ascendance africaine, et fier de se démarquer de nous. Si je le méprisais à l'époque, j'ai aujourd'hui pitié du pauvre homme. Et le sort qui lui était réservé ne fait qu'accroître ce sentiment.

Je n'avais que huit ans à l'époque, mais je me souviens parfaitement des faits, à jamais gravés dans ma mémoire. Les jours se suivaient et se ressemblaient. La vie d'esclave, je ne connaissais que cela : j'étais dans les ti-band', et les journées étaient longues, passées à étendre du fumier et arracher les feuilles sèches des cannes, ou guider les bœufs, accompagnés des aiguillonneurs. Nous trouvions quelque réconfort le soir, après le travail, dans des chants, des danses et des contes de nos terres ancestrales, que je n'avais jamais connues. Mon père étant le fils d'un grand chamane, il était tout naturellement désigné comme gardien de nos traditions. Tous les soirs il prenait la parole et nous narrait un conte, l'histoire de notre terre, ou bien simplement chantait. Je me souviens qu'un soir, il nous raconta l'histoire de l'avare.

– Il était une fois un homme riche, très riche, mais aussi très avare. Il rechignait à débourser quoi que ce fût, et faisait tout lui-même. Il semait ses propres graines et cueillait ses moissons, élevait son propre bétail et l'abattait, tissait ses propres vêtements et les rapiéçait quand ils étaient usés. Il n'avait ni femme ni enfant, considérant qu'une famille représenterait une dépense qu'il ne pouvait se permettre. Il était en fait si avare que tout le monde dans le village l'appelait M'bibizo, "homme avare".

Un beau jour qu'il terminait ses travaux domestiques, satisfait de n'avoir encore rien dépensé aujourd'hui, il glissa et tomba dans le puits.

"Au secours, au secours" cria-t-il alors qu'il gesticulait dans l'eau.

Un voisin, alarmé par le bruit, vint voir ce qui se passait. L'avare se débattait dans l'eau tant bien que mal, car il ne savait pas nager.

"M'bibizo", lui dit son voisin, "donne-moi ta main que je te sorte du puits."

Mais l'avare rechignait tant à donner quoi que ce fût, qu'il refusa. Finalement il se noya, et ses précieuses richesses ne purent lui sauver la vie. Sans doute serait-il encore de ce monde si le voisin lui avait dit "tends-moi ta main".

En y repensant, ce conte me fait penser au géreur de notre plantation, un béké aussi mesquin qu'avare. Je pense que mon père voulait faire comprendre que l'avarice se paye toujours tôt ou tard, bien que sur le moment je n'y vis qu'un simple conte.

Avant de me coucher, je vis mon père avoir une discussion sérieuse avec ma mère, mais je n'entendis rien de leurs propos.

Nouvelle journée, nouveau labeur dans les plants de canne. Le géreur, que l'on appelait m'sié Jérôme, apparut sur le porche de la maison. Il nous regarda d'un air satisfait, en s'épongeant le front. Il ne quittait jamais son costume complet malgré l'accablante chaleur moite, ce qui faisait de lui un porc suant. Il promena ses yeux porcins, enfoncés dans un visage lunaire cramoisi, sur ses esclaves. Soudain, il s'arrêta et héla ma mère. Elle se releva et lâcha sa serpe. Je la vis s'avancer à petits pas, la tête baissée. Mon père ne la quitta pas des yeux.

– Qu'est-ce qu'il a, le bamboula ? Remets-toi au travail tout de suite, fainéant de nègre !

Alors qu'ils se dirigeaient ensemble vers la maison, je le vis tâter les fesses de ma mère, comme un boucher soupesant une viande, un sourire salace aux lèvres.

– Papa, elle va faire quoi dans la maison, maman ?

– Elle va faire le ménage, fils. Elle va faire le ménage.

Il resta un long moment à fixer du regard la maison, les dents serrées. Je ne compris pas vraiment ce qui se passait.

Le soir-même, mes parents eurent encore des mots. Ils s'étaient éloignés dehors. Cette fois-ci j'entendis un peu plus clairement leur dispute.

– Comment peux-tu faire ça avec ce... ce porc ? siffla mon père.

– Crois-tu vraiment que j'ai le choix ? Tu sais aussi bien que moi ce qu'il nous fera à tous si je refuse ! Crois-tu que ça me fait plaisir ? À chaque fois j'ai envie de mourir !

– Je... Je... Rha !

– Je fais ça pour toi, et pour les enfants ! Pense à eux un peu, et pas qu'à toi. Tu sais que la vengeance de m'sié Jérôme elle sera terrible, si je fais pas ce qu'il me dit.

Ils s'aperçurent de ma présence à l'entrée de la case et s'arrêtèrent soudain.

– Eh fils, tu devrais te coucher à l'heure qu'il est. me dit mon père en souriant.

J'obéis mais ne fermai pas l'œil de la nuit.

Le lendemain, m'sié Jérôme reçut la visite d'un important négociant en sucre pour vendre sa récolte. Tandis que je ramassai les feuilles coupées des cannes à sucre pour aller les jeter, mon père me pria de rester un moment avec lui.

– Admire bien cette scène, fils. me dit-il d'un ton acide qui m'échappa à l'époque. – Regarde bien et apprends. Vois l'avare oisif qui profite du travail des autres. Regarde-le bien et souviens-toi que la terre appartient à ceux qui la cultivent. Peu importe les actes de propriété et l'or versé, la terre appartient à ceux qui la cultivent. Allez va, dépêche-toi de retourner travailler avant que l'autre âne de commandeur se réveille.

Du haut de mes huit ans je réfléchissais à ce que venait de me dire mon père. Je réfléchissais au lien entre l'homme et la terre ; la terre qui nourrit l'homme, l'homme qui cultive la terre. Je réfléchissais au fait que malgré ma condition d'esclave, malgré la fatigue, la faim, la chaleur et les ordres aboyés, je me sentais pleinement vivant lorsque j'étais en contact avec les plantes et le sol. Je pensais alors à m'sié Jérôme qui n'avait jamais ne serait-ce qu'approché la main de la terre. Je pensais à ce gros homme riche qui exploitait le sol et récoltait le fruit du labeur des autres, sans rendre hommage à la terre, sans remercier les esprits, sans remercier ceux qui la cultivaient. J'en vins presque à le prendre en pitié pour s'être autant éloigné de sa nature. Presque.

Le fils du géreur n'avait rien en commun avec son père. M'sié Anatole était bon avec nous ; il considérait qu'il était de son devoir de chrétien de prendre soin de ces pauvres créatures déchues qu'étaient les nègres. Il disait que Dieu nous avait déjà punis par cette couleur de peau, et qu'eux, les chrétiens, devaient nous aider à regagner les voies du Seigneur. Je ne me sentais pas particulièrement déchu, mais ses motivations n'enlevaient rien à ses actions. Là où son père se montrait inflexible et cinglant, M'sié Anatole se montrait clément et compréhensif. À plusieurs reprises il m'autorisa à me reposer, avec d'autres enfants, lorsque la fatigue se faisait tellement sentir que je ne pouvais plus mettre un pied devant l'autre. La plupart des esclaves l'aimaient. Surtout ma sœur.

Un jour je les surpris en train de discuter. M'sié Anatole tenait les mains de ma sœur et souriait d'un sourire naïf.

– Mais je t'aime, Fleur ! Je t'aime vraiment !

– Non, m'sié. Vous croyez que vous m'aimez, mais vous me désirez simplement. S'il vous plaît, ne me torturez pas avec de telles paroles !

Elle fit mine de s'éloigner mais il la rattrapa.

– Je te jure, Fleur, mon amour est sincère ! Peu m'importe que Dieu ne t'ait pas dotée d'une peau blanche comme la mienne ! Je t'aime et te désire !

Elle murmura son nom tandis qu'il enfouit son visage dans son cou, agrippant ses cheveux. Il la prit par la main et ils entrèrent ensemble par la porte arrière de la maison.

– D'abord ma femme et maintenant ma fille ! cracha mon père ce soir-là.

La colère le faisait parler sans tenir compte de ma présence.

– Non p'pa, je t'assure, m'sié Anatole il est bon, il est pas méchant comme son père. Il m'aime pour de vrai !

– C'est un fils de porc, et donc un porc lui-même. Tout ce que veut ce jeune coq c'est te posséder.

– Non, il m'aime. dit-elle avec, il me sembla, moins de conviction.

– Et même si c'était vrai, il ferait quoi ? Il t'épouserait ? Nah, tout ce qu'il va faire c'est t'engrosser, et ensuite tu subiras le fouet pour avoir osé fauter avec un blanc !

Elle ne trouva rien à répondre à cela.

Plusieurs semaines de labeur répétitif s'écoulèrent. Puis un soir, ma sœur revint en pleurs. Elle se jeta dans les bras de notre mère.

– Là, doudou, là. Dis-moi tout ce qu'il y a.

Elle sanglota encore un long moment avant de parvenir à articuler quoi que ce fût.

– C'est m'sié Anatole ! Il m'a dit qu'on pouvait plus se voir, parce que son père y savait, et qu'il voulait pas des ennuis !

– Je t'avais dit que ce fils de porc ne voulait que…, commença mon père. Mais le regard sévère que lui lança ma mère le fit taire instantanément. Il regarda nerveusement le sol, dessinant des cercles dans la terre du bout du pied.

Le lendemain matin, m'sié Jérôme se leva tard. Nous étions dans les plants depuis déjà plusieurs heures lorsqu'il sortit de sa maison.

– Toi, là, dit-il à l'attention de ma sœur, – viens là, sale putain.

Terrorisée, elle regarda partout autour d'elle, sans trouver de soutien. Mon père serra les dents et baissa la tête, et ma mère implora le géreur du regard sans même qu'il s'en aperçût. Finalement, Fleur le suivit en tremblant.

– Vous là, allez-y, ordonna-t-il à deux gardiens.

Ils l'attachèrent les bras en croix à l'aide de deux grosses cordes tendues. Puis m'sié Jérôme tourna autour d'elle comme un vautour.

D'un coup sec il arracha sa robe simple et la dénuda entièrement. Malgré la distance je la vis trembler de tous ses membres. Le géreur continua de tourner. Il ramassa un fouet posé sur la table, à côté. Il le caressa langoureusement en tournant autour de Fleur, qui sanglotait maintenant à chaudes larmes. Il déroula le fouet.

Mon père me cacha les yeux.

– Regarde pas ça, fils, me dit-il la gorge serrée.

Pourtant, j'entendis, même si je ne vis pas.

– Alors comme ça... *schlack* *cri* ... on est une putain. Alors comme ça... *schlack* *cri* ... on salit mon fils... *schlack* *cri* ... avec ses sales pattes de négresse. *schlack* *cri* ... Alors comme ça... *schlack* *cri* ... on espérait duper son maître. *schlack* *cri*

Le reste se perdit entre le claquement du fouet et les sanglots de ma sœur.

Lorsqu'il eut assouvi ses penchants sadiques, il coupa les cordes. Fleur s'écroula au sol comme une poupée de chiffon. Mes parents se précipitèrent vers elle et tentèrent de la réconforter tant bien que mal.

– Que ça vous serve d'exemple, les négros, lâcha m'sié Jérôme avant de tourner les talons.

– Je me déteste ! dit mon père le soir. Je me déteste !

– Dis pas ça, doudou...

– Si, je le dis ! Quel genre d'homme n'est même pas capable de protéger sa fille ? J'aurais dû m'interposer, c'est moi qui aurais été puni à sa place !

– Non, doudou, tu sais bien que m'sié Jérôme il vous aurait punis tous les deux, et peut-être même moi et le petit pour se venger. Tu pouvais rien y faire.

Fleur était alitée, sur le ventre, les zébrures carmines qui lui lacéraient le dos fraîchement pansées. Elle n'avait pas arrêté de sangloter et continuait encore.

– Ca ne te révolte pas, toi ? Tu n'aurais pas voulu faire quelque chose ? répliqua-t-il d'un ton acerbe et amer.

– Bien sûr que si, sois pas ridicule. rétorqua-t-elle sur le même ton.

– D'abord ce saligaud qui séduit ma fille, et ensuite son porc de père qui la punit pour avoir simplement été naïve ! Alors que ce sale porc lui-même commet la même faute ! Putains d'hypocrites... Un jour je les tuerai, tous les deux. Un jour je les tuerai...

Après cet incident, mon père fut de plus en plus souvent puni. Chaque fois que m'sié Jérôme ou m'sié Anatole passait, il les fixait de son regard assassin. Il refusait de baisser les yeux malgré les injonctions, et fut plusieurs fois frappé et battu. À chaque fois, je voyais ses dents se serrer et sa poitrine se soulever rapidement. Il menaçait un peu plus chaque jour de briser d'un seul coup la nuque de l'un des békés. Je savais qu'il en était capable.

Un peu plus tard, je le vis s'entretenir avec ma mère.

– Tu as ce que je t'ai demandé ?

– Oui. Ca n'a pas été bien difficile. Je les ai coupés tandis qu'il dormait, abattu par l'effort et la chaleur. Ce gros porc ne peut pas s'activer plus de dix minutes sans devoir se reposer trois jours.

Je la vis lui tendre une poignée de cheveux, ou de poils peut-être. Mon père les prit et les colla sur une grossière effigie faite de terre glaise. Puis il récita quelque chose que je ne compris pas dans la langue de nos ancêtres, et enterra la figurine avec des os de poulet et quelques herbes.

– Bientôt, m'sié Jérôme, bientôt. Méfiez-vous-y de la colère des esprits, méfiez-vous-y...

Un jour, plus tard, un autre incident se produisit. Une grande quantité de sucre liquide, en route vers les rafraîchissoirs, s'échappa de la batterie et vint recouvrir tout le bras droit de Framboisier, l'un des esclaves qui s'occupaient de la fabrication du sucre. Il hurlait tant et si bien que toute la plantation accourut voir.

– Il faut vite amputer et cautériser au fer rouge avertit mon père, agenouillé près du blessé.

– Ta gueule, négro. Abattez-moi ce chien. Ca coûtera moins cher de racheter un esclave neuf et entier que de soigner un manchot.

– M'sié Jérôme, je vous en prie, Framboisier peut encore travailler. S'il tient le lit quinze jours il sera comme un sou neuf.

– Qu'est-ce que j'ai dit, bamboula ? C'est toi qui décide, maintenant ? J'aime pas bien ton air arrogant. Tu te crois malin parce que t'es plus cultivé que les autres singes, hein ?

Mon père subit l'affront sans broncher. Il fixa m'sié Anatole, qui détourna nerveusement le regard, n'osant s'opposer à m'sié Jérôme. Je pus lire le dégoût sur le visage de mon père.

– Mais il est pas si malin que ça, le macaque. reprit le géreur. – Il est même pas foutu de garder sa femelle, le macaque.

Il releva les yeux, les dents serrées. Il entreprit de se lever.

– Doudou, ça n'en vaut pas la peine. entendis-je ma mère lui chuchoter.

Il continua de fixer du regard m'sié Jérôme.

– Qu'est-ce qu'il a le négro ? C'est quoi ce regard ? Baisse-moi tout de suite ce foutu regard, nom de Dieu de négro de merde !

Mon père se leva lentement, et tout aussi lentement s'approcha de m'sié Jérôme. Je ne l'avais jamais vu avec une telle expression faciale.

– Vous attendez quoi vous autres ? Maîtrisez-moi ce négro rebelle, là ! aboya-t-il au commandeur et aux gardiens.

Il avait perdu son air confiant et supérieur, et reculait en suant.

Je ne sais si c'était dû à ce que dégageait mon père, mais personne ne bougea. Tous le regardaient, figés. Je remarquai alors qu'il tenait toujours sa serpe, qu'il leva jusqu'à sa poitrine pour s'entailler la main. Il laissa couler plusieurs gouttes de nectar écarlate sur le sol, devant les yeux incrédules de l'assemblée. Puis il recula de quelques pas.

Un lourd silence pesait. Nous n'entendîmes pas, tout d'abord, ce bruit sourd, comme celui du reflux de la marée. La tension grandissait, et nous nous tenions tous là, immobiles, nerveux. Soudain, quelqu'un remarqua le bruit et tourna la tête. M'sié Jérôme se retourna et vit. M'sié Anatole se retourna et vit. Le commandeur se retourna et vit. Tous se retournèrent et virent l'immense vague de terre déferler, emportant tout sur son passage.

– Bon Dieu de merde ! entendis-je le géreur jurer.

– Jésus-Marie-Joseph entendis-je son fils geindre.

Haute de plusieurs mètres, la vague creusa le sol sous leurs pieds, les emportant dans un creux profond avant de se refermer sur eux avec le bruit du tonnerre. Une fois la poussière retombée, je vis mon père, toujours immobile, le visage tendu. Mais des békés, du commandeur et des gardiens, plus aucune trace.

Je compris alors pleinement le sens des paroles de mon père ; revis la figurine de glaise ; le sang sur le sol ; la vague de terre.

– La terre appartient à ceux qui la cultivent...

LA CHASSE
SAUVAGE

L'homme se trouvait dans la sombre forêt. Les épais conifères qui l'entouraient ne laissaient passer qu'une infime partie du ciel anthracite qui les surplombait d'un épais couvercle. Il n'entendait rien que le silence absolu, hormis le doux bruissement de la rivière à ses pieds et, au loin, une branche qui cassait et tombait lourdement dans les fourrés plus bas, ou l'envol d'un corbeau. Une brise légère se leva soudain et fit frissonner sa peau nue. Posté sur une branche à quelques mètres du sol, dissimulé par l'épais taillis d'épines, il ne sentait que les battements lents et réguliers de son cœur. Il attendait. Attendait. Attendait.

Le cerf apparut soudain. Doté d'une robe presque neigeuse, l'animal était imposant. Bien plus grand et musclé que n'importe lequel de ses congénères, ses bois étaient immenses et semblaient aiguisés comme des lames. Il s'approcha prudemment du lit de la rivière, vérifia qu'aucun prédateur ne se tapissait à proximité, puis, une fois rasséréné, pencha la tête pour se désaltérer.

L'homme se laissa tomber de la branche, couteau en main. L'animal dut sentir l'assaut, car il releva la tête et s'écarta d'un bond. La lame ne fit qu'effleurer son épaule, lui laissant une estafilade grenat. Se redressant, l'homme fit face à sa proie et vida tout l'air de ses poumons en un hurlement sauvage. Le cerf détala, accompagné du bruissement d'un envol massif de corbeaux effrayés, quittant leurs perchoirs. L'homme le pista, suivant ses traces, suivant les gouttelettes de sang. Il avait repéré le terrain ; connaissait parfaitement la zone. Il savait qu'en ce moment même, si tout allait bien, ...

... Le cerf était acculé à flanc de falaise. Il regardait en tous sens, cherchant une échappatoire. Mais son adversaire lui barrait la seule voie qui s'offrait à lui : celle d'où il venait. L'animal courut de gauche à droite, puis de droite à gauche, apeuré, et tenta de grimper la surface rocheuse. Comprenant qu'aucune fuite n'était possible, il se retourna lentement et fit face. Il ne tremblait plus. Ses yeux croisèrent celui de l'homme. Chacun lut dans le regard de l'autre une détermination mortelle, et sut que leur rencontre ne pourrait s'achever qu'avec le trépas de l'un des deux. L'homme, solidement campé sur ses jambes pliées, faisait passer son couteau d'une main à l'autre, en signe de défi.

Le cerf s'élança. Sa course était si rapide que l'homme n'eut le temps de presque rien voir. Un instant il faisait face à la bête, les deux adversaires immobiles se dévisageant, l'instant d'après les bois aiguisés étaient sur lui. Il fit une roulade de côté. Le cerf continua sa course, puis fit brusquement demi-tour et chargea à nouveau. L'homme fit une nouvelle roulade. Il sentait un liquide épais et chaud couler de chaque côté de son torse. Le cerf chargea une troisième fois, et l'homme eut cette fois tout juste le temps d'esquiver. Il sentit un lourd sabot lui piétiner la cuisse. Le cerf fit demi-tour et s'arrêta. L'homme se releva péniblement.

Tous deux se considérèrent longuement du regard, sachant que la prochaine rencontre serait la dernière.

Le cerf s'élança. L'homme eut l'impression que la scène se passait au ralenti. Il vit le mouvement gracile des sabots de l'animal, la tête baissée, bois en avant. Il se vit se jeter au sol, tenant la pointe de son couteau dressée. Il sentit ses membres piétinés tandis que la lame s'enfonça dans l'abdomen de la bête, le déchirant de haut en bas. Le cerf courut encore quelques mètres puis s'écroula, ses entrailles fumantes se déversant sur le tapis de brindilles. L'homme se remit douloureusement sur pieds et s'approcha de l'animal agonisant. Dans son regard, il ne lut qu'une détermination farouche, empreinte de défi jusqu'au dernier moment. Presque avec tendresse, il passa un bras derrière le cou de la bête et plongea sa lame entre ses côtes. Il était victorieux. Il avait survécu à cette chasse sauvage. Il extirpa le cœur encore chaud de la carcasse et, trempant deux doigts dans l'épais liquide grenat, se fit une marque sur chaque côté du visage ainsi que sur sa poitrine, avant de croquer dans l'organe qui palpitait encore quelques minutes plus tôt. Il sentit le solide muscle résister avant de céder sous la pression de ses mâchoires, sentit le breuvage tiède lui envahir la bouche de son goût métallique. Écartant les bras, il poussa un hurlement sauvage du plus profond de ses entrailles.

Puis il rangea son couteau dans l'étui qu'il portait à la cuisse, le seul article vestimentaire qu'il s'était autorisé. Frissonnant, il entreprit de rebrousser chemin, tandis qu'une fine bruine commençait de tomber du ciel de plomb. Il arriva jusqu'à son 4x4. Pansa ses plaies. Enfila son costume trois pièces, ses chaussures cirées, noua sa cravate, posa ses petites lunettes sur son nez.

Enfin, il démarra le véhicule, faisant à nouveau route vers une vie ordinaire, faite de scènes de ménage, de transports en commun, de journées au bureau, de commissions, de factures, de télévision, de publicités intempestives, de bruits, de stress, de pollution, de contrariétés, et d'autres choses insignifiantes.

FLUW EB

Monsieur Kainsen n'aimait pas le bruit. Plus précisément, il ne le supportait aucunement. Et ce depuis toujours. Les médecins n'avaient trouvé aucune anomalie à ses oreilles, pas plus qu'à ses nerfs. Ils soupçonnaient qu'il se fût agi d'un trouble psychologique. Monsieur Kainsen n'aimait guère leurs insinuations ; il n'était pas un malade mental, que diantre !

De grands éclats de rire le firent grincer des dents. À quelques travées de là, Arthur venait de terminer une histoire particulièrement drôle, au vu des réactions de son auditoire. Monsieur Kainsen déplora pour la énième fois de la journée que ce ramassis de fainéants pussent ainsi badiner au lieu de travailler, tandis que lui, qui était doté d'une conscience professionnelle, se tuait quotidiennement à la tâche. Seulement, Arthur était un grand ami de Roger, le directeur du département, alors bien sûr, il avait droit à un traitement de faveur. Le regard de Monsieur Kainsen croisa celui de Morgane, la jeune et jolie stagiaire dont il était tombé secrètement amoureux dès son arrivée.

– Regarde, l'autre mec chelou te mate encore... lui glissa l'une des filles à l'oreille, tout bas.

Mais pas assez... Monsieur Kainsen avait une excellente ouïe, pour son plus grand malheur.

– S'il pense avoir ses chances, il devrait d'abord se regarder dans un miroir ! répondit Arthur sans se soucier du volume de sa voix, ce qui provoqua l'hilarité générale.

Seule Morgane semblait embarrassée. Elle était aussi douce et délicate que jolie. Quant à lui... Avec son crâne déjà presque chauve malgré ses trente ans, ses yeux humides, sa silhouette malingre dotée d'une poche de graisse sur l'abdomen... Comment une fille comme elle pourrait vouloir d'un homme tel que lui ? Arthur venait de terminer une brillante imitation de Monsieur Kainsen, provoquant une nouvelle vague de rire.

– Cessez ce bruit... grinça-t-il les dents serrées. Il pressa la paume de ses mains contre ses oreilles proéminentes.

– Un problème, le détraqué ? lui lança Arthur.

– Non, non, aucun. Il se recomposa un sourire de circonstance. – Je me demandais simplement s'il était possible que... que nous travaillions dans un peu plus de calme, si cela ne vous dérange pas.

Arthur se leva, souriant de son sourire suffisant, et marcha lentement vers le bureau de Monsieur Kainsen.

– Écoute, taré, le jour où j'aurai besoin de ton avis, je t'enverrai un courrier recommandé, OK ? En attendant, tu arrêtes de déranger mes amis, et tu la fermes bien gentiment.

– Oui, bien sûr... Excuse-moi...

Arthur lui tapota l'épaule avant de s'en retourner vers sa cour.

– C'que tu lui as mis ! souffla l'un de ses acolytes.

Monsieur Kainsen serra les dents et les poings à s'en faire mal.

Il croisa Morgane en sortant des toilettes, le visage encore humide après s'être aspergé d'eau glacée. La jeune femme lui posa la main sur le bras alors qu'il la dépassait en s'excusant prestement.

– Monsieur Kainsen... Ne prêtez pas attention aux moqueries d'Arthur... Il n'a pas un mauvais fond, il a simplement besoin de s'affirmer. Je ne dis pas qu'il s'y prend de la bonne manière, loin de là, mais je suis sure que vous finirez par vous entendre, si vous apprenez à vous connaître. Excusez-moi, je dépasse peut-être les limites, à vous dispenser ainsi des conseils... En tout cas, je voulais m'excuser pour son comportement, et vous assurer que me moquer de vous ne m'apporte aucun plaisir.

Elle lui sourit avant de s'en retourner vers le plateau. Intérieurement il lui rendit son sourire. Mais ce bref moment de bonheur s'estompa bien vite ; Jean-Michel était au téléphone avec un de leurs fournisseurs et s'égosillait tant et si bien qu'on l'entendait sur tout l'étage. Sous sa chevelure grise à l'odieux mulet, il était cramoisi.

– Écoute, mon vieux, j'en ai rien à foutre que t'aies du retard de livraison de ton putain de chintok, j'ai besoin de ces pièces demain, tu m'entends ? DEMAIN ! Alors démerde-toi ou je trouverai un autre fournisseur qui le fera, c'est clair ? Sur ce, il raccrocha violemment le combiné, après plus d'une demi-heure de vacarme.

Monsieur Kainsen serra les dents et respira profondément, luttant contre le désir de lui fracasser le téléphone sur le coin du crâne dans une rage berserk, hurlant en boucle – Ta gueule ! Ta gueule ! Ta gueule ! bien qu'il n'eût pas l'habitude d'être aussi grossier.

À dix-sept heures, dans les transports en commun, Monsieur Kainsen serrait toujours les dents. Il ne supportait pas le masticage mouillé de chewing-gum qu'exerçait sempiternellement son voisin de droite, ni le babillage incessant de groupes d'adolescentes au quotient intellectuel de palourde malade, pas plus que le Rap lourdaud émis par le téléphone d'un jeune homme sans gêne.

Ce ne fut qu'une fois dans la quiétude de son petit appartement qu'il put décontracter tous ses muscles et respirer. Comme chaque jour, il prit son téléphone et composa un numéro qu'il connaissait par cœur depuis toujours.

– Mère ? C'est moi.

– Ah ! Comment va mon bébé, aujourd'hui ?

Ils discutaient dans leur Danois natal.

– Bien. Un peu fatigué mais bien.

– Il y a quelque chose que tu ne me dis pas... Tu ne peux pas mentir à ta vieille mère.

– Eh bien, c'est encore Arthur...

– Ignore ce cornichon. coupa-t-elle. – Il est juste jaloux de toi, alors il se venge comme il le peut, parce qu'il sait que le plus beau, le plus sage, le plus doux de tous les bébés c'est toi.

– Mère, je ne suis plus un bébé !

– Balivernes ! rit-elle. – Tu seras toujours le mien !

Elle raccrocha après l'avoir embrassé, laissant seul un Monsieur Kainsen qui se sentait perdu comme un enfant dans un monde qu'il ne comprenait pas.

Il rêva de Morgane, cette nuit-là. Elle était retenue prisonnière dans un château, gardé par un terrible dragon. Il chevauchait un fier destrier et portait une armure étincelante aux motifs rappelant l'océan et les vagues. Marchant au fond de la mer qui le séparait du château, il parvint devant le donjon. La bête se tenait là, entourée de gobelins qui raient à chacun de ses traits d'esprit. Le dragon se retourna ; en lieu et place d'une tête serpentine se trouvait le visage d'Arthur.

– Meurs, mécréant ! hurla Monsieur Kainsen en Danois.

Il décapita le dragon, ce qui fit hurler de désespoir les gobelins désormais vêtus de costumes-cravates.

– Silence ! Cessez ce bruit qui vrille mes tympans ! Et un par un il les passa au fil de l'épée. Le château était désormais une maison longue viking, et Morgane se trouvait assise sur un trône. Elle était nue, couverte seulement de fourrures.

– Tu as vaincu mon champion. dit-elle. Maintenant viens à moi. Sois mon héros et fais-moi l'amour comme je le mérite !

Il entra dans un wagon de métro le menant jusqu'à sa promise, la prit dans ses bras musclés et entreprit de parcourir son corps de caresses et de baisers.

Le réveil sonna, interrompant son rêve érotique. Maugréant, il se leva tout en essayant d'ignorer la turgescence qui le tenaillait. Il prépara une Thermos de son meilleur café, importé du Vietnam à prix d'or. Sur le chemin du travail, il s'arrêta dans une boulangerie et y acheta de délicieux macarons. Il nota avec quelque agacement la pollution publicitaire que vomissait la radio, mais son rêve l'avait mis dans de bonnes dispositions, tant et si bien qu'il ne prêta bien vite plus nulle attention aux bruits environnants. C'était comme s'il portait un heaume de protection, une bulle de calme et de sérénité. Peut-être son aversion pour le bruit était-elle psychologique, après tout. Morgane, telle une fée, l'en avait-elle délivré ?

En arrivant au bureau, il ne prêta même pas attention aux ricanements d'Arthur et sa bande, tant son esprit était occupé par une seule pensée. Il travailla en mode automatique avec un unique visage féminin en tête jusqu'à la pause de dix heures où il se rua dans la salle de repos. Il y trouva Morgane en compagnie d'autres jeunes femmes. Surmontant sa timidité, il lui tapota l'épaule et lui fit un sourire maladroit lorsqu'elle se retourna.

– Bonjour ! J'ai pensé que vous aimeriez quelques macarons, avec un bon café.

Voyant qu'elle ne répondait pas, il lui fourra dans les bras la boîte et la Thermos avant de s'en aller, raide comme un piquet. – Merci. l'entendit-il balbutier.

– T'as vu ça ? souffla l'une des filles. Il se croit beau, ou quoi ?

– Chut ! intima une autre. Le monstre va t'entendre !

Mais il avait déjà entendu. Il entendait toujours tout... Qu'il avait été stupide d'approcher Morgane ! Cette femme lui était totalement inaccessible. Il n'était ni beau, ni riche, ni charmant. Il n'avait aucun talent particulier, pas grande conversation... Plusieurs fois Arthur l'avait qualifié de – jeune vieux, en référence à sa mentalité en décalage avec son âge. Oui, il appréciait la routine réconfortante. Oui, il se couchait tôt et n'aimait pas que l'on fît du bruit passé vingt-deux heures. Oui, il évitait les bandes de jeunes lorsqu'il en croisait dans la rue. Non, il ne buvait pas, ne fumait pas, ne sortait pas. Non, il ne supportait pas la foule, le bruit, ni même simplement la proximité des autres. Et alors ? Valait-il moins qu'Arthur, qui avait tout pour lui ? – Bien sûr, idiot ! ricana une voix dans sa tête. Il passa le reste de la matinée dans une humeur noire.

Il se rendait à la salle de repos, lors de la pause de midi, son Tupperware de soupe à la main, lorsqu'il entendit Arthur rire aux éclats.

– Je suis le monstre ! Ouh, regarde, Morgane ! Je viens t'offrir des jolis macarons ! Miam, ils sont bons, ces macarons ! *O nôm nôm nôm nôm nôm!*

Voûté, les bras ballants, il imitait Monsieur Kainsen comme s'il se fût agi d'un grand singe.

– Ah, voici la star de notre histoire ! s'exclama-t-il joyeusement. Merci pour les macarons, Kainsen, ils étaient foutrement bons !

Et sur ce, il engloutit goulûment le dernier.

– Arthur... souffla Morgane, gênée.

Monsieur Kainsen resta interdit un instant puis lâcha son Tupperware qui vomit une soupe froide sur le sol. Il fit demi-tour les dents serrées et s'éloigna d'un pas rapide.

– Fais attention, bougre de con ! hurla Arthur. Ces chaussures valent plus cher que ta peau !

Il eut l'impression d'entendre Morgane l'appeler, mais n'aurait su dire s'il ne s'agissait pas d'une hallucination nerveuse. Le reste de la journée fut pire que d'habitude. Les clients qu'il avait au bout du fil l'excédaient. Les dossiers qu'il devait boucler lui semblaient brouillons et faits par des incapables. Il entendait Arthur, deux travées plus loin, provoquer l'hilarité de sa bande, probablement au détriment de quelqu'un. Jean-Michel était en train de bougonner quelques mètres plus loin, ce qui l'insupportait au plus haut point. Il entendait celle qu'Arthur appelait La Molaire, « parce que c'est la grosse du fond », parler de façon bovine à un fournisseur, ce qui lui vrillait les nerfs. Pourtant il n'osait rien dire. Il se contenait, quand bien même son corps entier lui hurlait de tout casser, d'insulter ses collègues et de leur dire à quel point leur pathétique existence lui était exécrable. Mais il en était incapable. Sa raison lui répétait qu'il avait besoin de ce travail, et sa bonne éducation d'appuyer qu'en outre, il n'était guère poli de se comporter en sauvage.

Il était à la sortie de l'immeuble à dix-sept heures tapantes, tant il était pressé de retrouver la quiétude de son foyer, lorsque Morgane lui attrapa le bras. Elle semblait à bout de souffle et dut prendre plusieurs secondes avant de pouvoir parler.

– Monsieur Kainsen, je suis désolée... C'est Sophie qui a raconté l'histoire de vos macarons... Je ne voulais pas qu'Arthur en mange, mais il a ri, m'a dit que j'étais adorable et s'est emparé de la boîte... Je regrette vraiment ce qui s'est passé, votre attention m'a beaucoup touchée... J'espère que vous ne m'en voulez pas...

Il la considéra d'un regard de glace sans rien dire. Timidement, elle tourna les talons en rougissant, marmonnant une excuse. Elle était à quelques mètres lorsqu'il l'appela.

– Mademoiselle Lafayette ? Je veux bien vous pardonner si vous acceptez de dîner avec moi.

Il ne savait pas pourquoi il avait prononcé de telles paroles. Il n'avait jamais parlé ainsi à une femme. Quel idiot ! Maintenant, elle allait lui rire au nez comme tant d'autres !

– D'accord. répondit-elle.

Monsieur Kainsen mit un moment avant de réagir.

– Alors à bientôt. dit-il, parvenant à grimacer un sourire avant de tourner les talons.

Ce ne fut qu'une fois dans le métro qu'il réalisa n'avoir pas proposé de date.

Comme à son habitude, il appela sa mère une fois rentré.

– J'ai fait la connaissance d'une fille, au bureau. Elle s'appelle Morgane, et je l'ai invitée à dîner. Il faudra que je lui en reparle dès lundi. Silence. Mère, tu ne dis rien ?

Elle mit un moment à répondre.

– Comment vais-je faire, si une autre femme me retire mon bébé ? dit-elle d'une voix chevrotante.

– Mère, nous en avons déjà parlé... Avoir quelqu'un dans ma vie ne signifierait pas qu'il n'y aura plus de place pour toi.

– Tu sais très bien que si... Tu n'as visiblement plus besoin de moi... Bonne chance, avec ta nouvelle femme.

Et elle raccrocha, laissant un Monsieur Kainsen tout désespéré.

Il passa un triste samedi, sans savoir à quoi s'occuper. Puis ce soir-là, il ne put fermer l'œil. Par un malencontreux hasard, Roger, le directeur du département, occupait l'appartement juste au-dessus du sien, et organisait des fêtes entre collègues presque un week-end sur deux. Fêtes auxquelles il n'était, bien entendu, jamais convié. Monsieur Kainsen serra les dents comme les poings et s'inséra des boules Quies dans les oreilles. En vain ; son audition était tellement sensible qu'elle percevait la moindre vibration dans l'air. Il regarda son radio-réveil :

vingt-deux heures trente. Il envisagea de monter rouspéter, mais il savait que cela ne servirait à rien. Tout au mieux l'auraient-ils ignoré. Au pire auraient-ils encore augmenté le volume sonore. Dans tous les cas ils auraient ri de lui, et Arthur n'aurait pas manqué de relater l'expérience dès le lundi au bureau. Il ne put s'endormir avant sept heures du matin, pour se réveiller, conditionné qu'il était, un quart d'heure plus tard, ce qui lui gâcha tout son dimanche

Il était d'une humeur exécrable, le lundi. Le moindre bruit envoyait une nuée de scies sauteuses sur ses nerfs. Il respirait de manière saccadée, peu profonde, et avait des crispations jusqu'aux entrailles. Son travail était interrompu toutes les dix minutes par des fantasmes de mort et de destruction ; Jean-Michel, le crâne fracassé par un combiné ; La Molaire, étranglée par le fil de son téléphone ; Roger poignardé à coup de stylo ; Arthur défenestré. Sa mauvaise humeur, couplée aux dernières paroles de sa mère, lui firent soigneusement éviter Morgane, pourtant sa seule source de joie au bureau. Il en voulait à sa mère de le contrôler encore malgré ses trente ans passés. Il en voulait à Morgane de déstabiliser ainsi son quotidien. Et par-dessus tout, il s'en voulait à lui-même de ne pas savoir s'affirmer. Durant trois jours, il ne parla ni à sa mère ni à Morgane, et chaque heure passée au bureau fut un calvaire au point d'en avoir des brûlures d'estomac et des nausées. Puis, jeudi, il croisa malgré lui la jeune femme qui lui sourit si chaleureusement qu'il oublia tout. Au diable ce que pensait sa mère ! Il la rejoignit en salle de repos dès la pause suivante. Il se sentait le courage d'un chevalier, fier et preux.

– Mademoiselle Lafayette ? Ce dîner que je vous avais proposé, voudriez-vous le prendre ce week-end ?

– Oh, je suis désolée, je suis prise. Mais peut-être le prochain ?

Quelque peu déçu, il acquiesça. Mais il devait voir le bon côté des choses ; elle lui avait dit oui ! Le restant de la journée et le lendemain, il ne prêta presque aucune attention au bruit ambiant ; La Molaire qui répondait de son air bovin habituel n'était qu'un lointain bourdonnement. Jean-Michel qui jurait tel un charretier à volume augmenté ne représentait qu'un vague élément du décor. La constante sonnerie des téléphones était presque une douce mélopée. Le soir-même il appela sa mère et s'excusa de ce long silence. Elle joua sur sa culpabilité, mais finit par lui pardonner, car il était son bébé. Il recommença toutefois à grincer des dents le samedi soir, lorsque les basses se mirent à faire vibrer ses murs et ses fenêtres. Le fracas du tonnerre et la pluie battante ne suffisaient pas à couvrir un tel tapage.

– Pas encore... gémit-il. Il n'en avait pas assez de me pourrir la vie plus d'un week-end par mois, le voilà maintenant qui récidive de façon hebdomadaire !

Les boules Quies n'aidèrent aucunement. Il se tourna, retourna, jusqu'à se relever en soupirant. Cette fois il allait lui dire. Il ne savait d'où lui venait cette soudaine confiance, mais il s'affirmerait enfin devant Roger et surtout devant Arthur. Il leur intimerait sèchement de cesser tout bruit avant qu'il n'appelle la police et ne porte plainte. – Et je suis sûr que nos amis de la maréchaussée trouveront quelque substance illicite afin de couronner le tout. comptait-il achever. Personne n'oserait rien dire devant sa juste fureur, et lundi au bureau tous s'excuseraient devant lui. Il voyait déjà Arthur baisser le regard en le croisant ; Jean-Michel se taire en voyant le regard sévère qu'il lui adresserait ; Roger le faire entrer dans son bureau pour lui proposer obséquieusement une promotion. Alors il sortirait en marchant au ralenti, sourire aux lèvres, et embrasserait fougueusement Morgane devant toutes et tous. La belle serait surprise mais ravie, et les autres femmes pétries de stupeur comme de jalousie. Et –

Son monde s'écroula. Il venait d'ouvrir la porte de chez Roger, poussant au passage quelques invités éméchés. Son œil avait déjà acquis sa cible, sa Némésis, son cauchemar, son poison : Arthur. Arthur qui tenait par la taille une jeune femme souriante. Morgane.

– Eh, mais c'est mon pote Chelou ! s'exclama son ennemi juré. – Tu as décidé de t'inviter à la fête ? Tu tombes bien, regarde qui est là ! Et il embrassa fougueusement Morgane, sous les applaudissements des convives.

Il se tenait au milieu de la pièce, en pyjama, sous le regard hilare de dizaines de personnes sans visage. La tête lui tournait, et il n'entendait plus qu'un sourd bourdonnement dans ses oreilles, parfois percé par le tonnerre. Il manqua tituber et resta là, immobile, un long, long moment. Quelqu'un lui asséna une claque sur l'épaule, amicale et moqueuse. Il ne voyait que Morgane, visiblement embarrassée, et le bras masculin qui l'emprisonnait. Il se remémora son rêve, avec Arthur le dragon et la jeune femme captive. Et il réalisa qu'elle était enfermée dans la tour de son plein gré, et que le dragon n'était pas son geôlier mais son gardien. Repoussant les quelques personnes attroupées autour de lui, il fit demi-tour. Sur le pas de la porte, un bras féminin le retint.

- Monsieur Kainsen, je suis désolée ; je ne voulais pas que vous l'appreniez ainsi. Je comptais vous le dire lors de ce dîner que vous m'aviez proposé, vous dire que je vous appréciais et voulais être votre amie. Mais je ne pense pas que vous et moi... Enfin, vous voyez... Comme il ne répondait rien, la considérant d'un air absent, elle poursuivit : - Je n'avais pas prévu que les choses allaient se passer ainsi, lorsqu'Arthur m'a invitée pour ce soir. Elles se sont juste... produites, presque d'elles-mêmes. Je ne veux pas que vous pensiez que j'ai joué double jeu avec vous...

Il franchit le seuil sans un mot. Derrière lui, il entendit Arthur, hilare, s'esclaffer : - Il pensait vraiment avoir la moindre chance avec une fille comme ça ? Ah mais c'est niveau compet', là ! Ce ne fut que de retour chez lui, seul, qu'il réalisa pleinement les choses. Son monde s'était écroulé. Le peu de confiance qu'il avait acquise : brisée. Il en voulait à Morgane de lui avoir donné de faux espoirs, il en voulait à Arthur d'avoir choisi cette femme-là parmi toutes celles qu'il pourrait avoir (il était sûr que ce fut chose volontaire pour l'humilier un peu plus encore) et surtout il s'en voulait à lui-même pour avoir été si stupide et si naïf. Sa mère avait raison : il n'avait besoin de personne d'autre qu'elle. Elle était la seule qui ne le trahirait jamais. Les gens, hommes ou femmes, étaient tous des traîtres, des menteurs, des hypocrites. Lorsqu'il passa devant le miroir, il ne vit dans son reflet qu'une créature vile, méprisable, détestable. Hurlant toute sa haine, il asséna un coup de tête dans le réflecteur traîtreux, ne faisant nul cas de la peau de son front qui se déchira, percée par de multiples lames de verre. Puis, d'un bras, il envoya valdinguer tout ce qui se trouvait sur la commode. Il renversa son petit bureau, brisant ainsi son Netbook en trois morceaux ; jeta au sol la lampe halogène ; frappa dans les murs à s'en briser plusieurs phalanges. Puis il se recroquevilla sur le lit défait et hurla, d'épaisses larmes inondant son visage ensanglanté.

Il se demanda pourquoi sa mère avait choisi d'émigrer dans ce pays étrange à la mort de son père, laissant ainsi les quelques amis qu'il avait, ainsi que Else, la petite fille de son âge dont il était alors amoureux. Il imagina un instant sa vie au Danemark : un travail de bureau agréable, avec un patron sympathique et cordial ; des collègues souriants ; il aurait tous ses amis d'enfance avec lui, partageant une même culture et des souvenirs communs. Il serait marié à Else et aurait eu d'elle de beaux enfants. Sa mère aurait été avec eux une mamie aussi adorable que comblée. Il se demanda si son inadaptation sociale était du seul fait de son déracinement, ou bien s'il avait toujours eu un problème dans la tête. Et petit à petit ses pensées se désagrégeaient au rythme des basses lancées par l'appartement du dessus, jusqu'à n'être plus qu'une bouillie sonore. Il se prit la tête entre les mains et gémit d'agonie un long moment avant que la douleur ne fût tellement intense qu'il ne la ressentait plus.

Son esprit était totalement vide lorsqu'il se dirigea vers la cuisine. Il y attrapa un couteau à viande, aussi long qu'effilé, faisant voltiger du bras tous les autres ustensiles. Il tâta le fil de la lame et fut pris d'un ravissement absent lorsqu'il vit la goutte de sang perler. Serrant les dents, un rictus aux lèvres, il s'entailla lentement, profondément, chaque joue, se dessinant un sourire permanent. Car après tout, pourquoi ne pas sourire ? Plus rien n'avait d'importance. La vie n'était qu'une mascarade, une sinistre farce où chacun devait jouer un rôle qu'il croyait important. Mais pourquoi continuer à jouer ? Quel invisible auteur le forçait à rester sur scène ? Il se moqua intérieurement de ce personnage démiurge alors qu'il s'apprêtait à quitter la pièce avant l'heure. Mais, au moment-même où il posait la pointe du couteau contre sa gorge tendre, il suspendit son geste. Car dans le son régulier des basses, il crut entendre un leitmotiv, qui lui répétait inlassablement : – Tue ! Tue ! Tue ! Tue ! Tue-tue-tue-tue-tue ! Alors il sourit. Très bien, ô grand démiurge, pensa-t-il avec une satisfaction toute sarcastique. Avant de tirer ma révérence, il me reste un dernier acte à jouer, et ce sera mon apothéose ; une scène entière, dédiée à moi seul ! Le public appréciera le spectacle, j'en suis sûr !

Lentement, il grimpa les escaliers menant à l'étage. Il y croisa un vieil homme sortant son chien, qui n'eut que le temps de lui demander, alarmé, s'il avait besoin d'aide, avant de recevoir une lame en plein cœur. Personne ne devait retarder l'artiste pour son entrée en scène, pas même ce chien qui fuit en courant lorsque le couteau entailla son museau. Il ouvrit la porte de chez Roger, qui vibrait sous la puissance des ondes sonores. La stupéfaction sur le visage de la première personne qu'il croisa fut comique à voir, avant de lui enfoncer une lame dans les intestins, la laissant se recroqueviller au sol. La seconde personne la reçut entre les omoplates. La troisième dans la gorge. Il ne prêtait attention ni à leur allure ni à leur sexe ; il ne voyait en eux que des corps animés à faire choir. Il fallut qu'il arrive à la quatrième, au bout du couloir, pour qu'enfin l'on s'aperçoive de sa présence. Il en poignarda deux de plus avant que tous ne se mirent à hurler en courant. Mais il était entre le salon et la sortie ; ils étaient piégés. Riant à gorge déployée, il poignarda encore et encore, sans se soucier si certains parvenaient à s'enfuir. Il n'avait d'yeux que pour deux protagonistes, les seuls qui avaient un nom et un visage.

Et ils se tenaient devant lui. Plus rien d'autre n'existait. Il lut la peur dans les yeux d'Arthur. Mais malgré cette terreur, celui-ci se dressait, protecteur, entre Morgane et lui. Il lui en voulut de ne pas se réfugier lâchement derrière elle, de ne pas le supplier de lui laisser la vie sauve, de ne pas l'implorer de la prendre elle et de le laisser lui. Il le haït plus encore de ne pas correspondre à l'image du couard gémissant qu'il s'était faite de lui, sous ses airs de cador. Il l'exécra de faire preuve d'héroïsme et d'ainsi lui gâcher la vedette dans sa propre pièce.

Ils n'échangèrent pas un mot, seulement des coups et des esquives. Aucun des deux ne savait se battre. Loin de ce duel épique élaboré dans son esprit, ce fut une lutte laborieuse et inélégante. Il parvint néanmoins à planter sa lame dans le flanc d'Arthur, qui en retour l'agrippa et le fit voler en direction de la fenêtre. Une multitude d'entailles s'ajouta à ses balafres alors qu'il chut au sol en une myriade d'éclats de verre. L'atterrissage un étage plus bas lui coupa le souffle et lui fit vibrer les os, mais il rampa tant bien que mal, cherchant sous la pluie battante quelque chose à quoi s'agripper pour se relever. À l'approche de la mort, il ne se sentait plus dans une pièce. Il se sentait de nouveau comme un insignifiant bonhomme, terrorisé à l'idée de son propre trépas. Il se demanda ce qui lui avait pris d'agir ainsi. Il voulait fuir, ramper jusqu'à un trou et s'y cacher. Il voulait sa mère.

Sa main rencontra une substance froide alors qu'il tâtonnait. Aveuglé par son propre sang et par l'eau céleste, il ne comprit que lorsqu'il entendit la cloche d'un tramway en approche. Il voulut se relever, s'enfuir, mais il n'en avait plus la force. Il entendit les freins du wagon, sa sirène, avant de sentir une intense douleur dans le bras. Sous le coup de l'adrénaline, il se redressa sur le dos, brandissant son moignon en hurlant. Et, tandis qu'il se vidait de son sang sur le trottoir, tout ce qu'il vit à la lumière d'un éclair fut le visage horrifié d'une jeune femme, derrière une vitre brisée du premier étage.

*   *   *

– Je suis désolé d'avoir à vous demander cela, Madame Kainsen, mais j'aurais besoin que vous identifiiez le corps. dit le policier devant le compartiment ouvert. Elle acquiesça et il releva le drap sur la forme immobile.

Ils l'avaient arrangé autant que faire se peut, couturant les affreuses cicatrices de chaque côté du visage ainsi que les dizaines d'estafilades. D'un côté de son corps, le drap était plat là où aurait dû se trouver son bras. Elle déglutit péniblement, son cœur manquant plusieurs battements.

– Oui, c'est bien mon fils. souffla-t-elle avec toute la douleur d'une mère endeuillée à jamais. – C'est mon Grendel.

L'AVENEMENT D'UNE ERE MAGNIFIQUE

Mère,

Ce n'est pas la fin du monde. Non, vraiment pas. Malgré ce que tout le monde pense, je sais que ce n'est pas le cas. Tu as pu voir les nouvelles à la télé, ou entendre des prophètes auto-proclamés le crier sur tous les toits, mais ne les crois en rien. Et je vais te dire pourquoi. N'aie aucune crainte, mère ; notre société s'écroule, certes, mais n'aie aucune crainte. Depuis que nous avons épuisé toutes les réserves de pétrole, tout s'est écroulé. Certains nous ont prévenus, bien auparavant, mais nous avions alors tout notre temps jusqu'à ce jour. Et maintenant l'heure est venue, peut-être plus rapidement qu'on l'attendait. Tu sais, c'est quand quelque chose nous manque qu'on réalise pleinement combien on en a besoin. Tu ne peux pas savoir combien tout peut dépendre d'une unique ressource. Ce n'est guère surprenant que l'économie se soit écroulée peu de temps après. Tu as dû remarquer les changements drastiques, même dans la petite ville tranquille où tu vis.

Je suis sorti marcher, la nuit dernière. J'avais besoin d'air frais. Je n'ai d'abord rien vu d'inhabituel : les carcasses brûlées des automobiles - car qui en aurait besoin désormais, qui ? - les vitrines brisées, des gens frappant d'autres gens à l'aide d'armes improvisées diverses - tuyaux, pancartes, pelles, n'importe quel objet peut devenir tout à fait mortel dans la main d'un homme - pour de la nourriture, de la picole, des vêtements ou juste parce qu'ils en avaient envie. Un homme à la barbe grise et au manteau crasseux me dit quelque chose que je ne compris pas, mais ça avait l'air sacrément important à ses yeux. Quoi qu'il en fût, je vis dans une petite ruelle un groupe d'hommes occupés à tenter de violer une jeune fille. Elle devait avoir seize ou dix-sept ans, avec un joli visage et un joli corps. Elle criait et donnait des coups de pieds à tout va, et je pense bien qu'elle a dû donner du fil à retordre à ces mecs, mais elle n'était naturellement pas de taille à lutter et fut vite maîtrisée. Elle me supplia de l'aider. Je vis son regard liquide et désespéré me fixer dans les yeux, et je la fixai en retour. Mais je ne l'ai pas aidée. Non, je ne l'ai pas aidée. Elle est probablement morte à l'heure qu'il est, ou à tout le moins salement blessée, aussi bien physiquement que mentalement. Me méprises-tu, mère ? Aurais-tu voulu que ton bel enfant sauve la pauvre petite fille des griffes de ses méchants agresseurs ? Mais ton enfant n'a rien fait de tel. Il l'a laissée face à son destin, et n'en a rien ressenti du tout, parce qu'il avait peur, parce qu'il ne voulait pas d'ennuis, parce qu'il était assez occupé par ses propres problèmes, et surtout : parce qu'il n'en avait absolument rien à faire. Me voici tel que je suis vraiment.

Je continuai de marcher. Sur le chemin du retour, j'aidai un petit chat, coincé sous un morceau de métal tombé d'une épave de voiture. Je souris en le regardant retourner en trottant là où il avait certainement élu domicile. Ce fut vraiment mon unique moment de joie dans la journée. À l'angle de la rue, des types torse-nus aux cheveux crades brandissaient des pancartes ornées de slogans peints à la main : – LA FIN EST PROCHE, – REPENTEZ-VOUS DE VOS PÊCHÉS, – NOUS SOMMES TOUS DAMNÉS PRIEZ DIEU QU'IL NOUS PARDONNE ... On voit ce genre d'individu à chaque période de crise, à chaque fin de siècle. Ils ont toujours eu tort. Le monde a survécu. Et je ne vois pas pourquoi ils auraient raison cette fois-ci.

Je ne vaux pas mieux qu'eux. Je ne vaux pas mieux que quiconque ici-bas. Je suis l'incarnation de l'Homme, égoïste et méprisable créature. La petite histoire que je viens de te raconter constitue une preuve suffisante. Je n'aime pas mon prochain comme je m'aime moi-même, je n'ai que faire des autres, je ne faisais que semblant car j'y étais contraint. Je place mon existence au-dessus de tout, et rien ne pourrait changer cela. Je ne vaux pas mieux que ces gens qui s'entretuent ou violent une gamine. Et c'est pourquoi je ne crois pas que ce soit la fin du monde. Des cataclysmes ont entrepris de faire disparaître la moindre trace de ce que nous avons construit ; des maladies purgent la surface de la Terre de ce cancer qu'est l'humanité. La guerre et le manque de ressources achèveront le travail. Le règne de l'homme touche à sa fin. Et dans mes visions je vois une planète verte remplie d'animaux, de plantes, d'insectes, un tourbillon de vie, une variété de vie encore jamais vue, la plus vive, la plus délicate forme de vie que la Nature ait jamais créé. Et nulle part on ne peut voir la plus grosse erreur qui n'ait jamais foulé la Terre et qu'on appelle l'Homme. Ainsi, je ne vois pas la fin du monde, non. Je vois l'avènement d'une ère magnifique...

Ton fils

UN LUTIN DANS LA MAISON

- Je crois que nous avons un lutin dans la maison, me dit un jour Veronica, très sérieusement.

- Hmm ? fis-je sans lever le nez de mon journal.

Elle posa une main sur l'amas de papier et l'abaissa jusqu'à la table, me forçant à lever les yeux vers elle.

- Je crois que nous avons un lutin dans la maison, répéta-t-elle calmement.

- Un lutin ?

- Oui, un lutin.

- C'est chouette.

Et j'entrepris de poursuivre la lecture de mon journal. Qu'elle plaqua aussitôt contre la table. Je soupirai un grand coup avant de finalement lui accorder toute l'attention qu'elle exigeait.

- Comment ça, un lutin, ma chérie ?

Elle me fixa de son air typique signifiant qu'elle allait m'expliquer l'une de ses grandes théories, pourtant si évidentes.

- Tu n'as jamais remarqué des choses bizarres, dans cette maison ?

– À part ta personnalité, non, pas vraiment, répondis-je innocemment.

Ce qui me valut une petite tape sur le bras, du revers de la main.

– Je parle sérieusement, cornichon ! Ca ne t'est jamais arrivé de perdre un objet pour le retrouver trois jours plus tard juste sous ton nez, ou bien de voir quelque chose tomber tout seul, ou bien de retrouver quelque chose ailleurs que là où tu l'avais laissé ?

– Si bien sûr, mais je mets ça sur le compte de la distraction, d'un courant d'air, ou d'autre chose. Pas sur le dos d'un pauvre lutin innocent.

– Tu ne me crois pas, dit-elle avec le plus grand sérieux, l'air froissée.

– Ben...

– C'est pas possible ! pesta-t-elle en se retournant.

– Ecoute, ma chérie, capture ce lutin et montre-le-moi, ensuite on en reparlera. Si tu me dis ce que ça mange, ces trucs-là, je veux bien aller acheter un piège à souris et l'installer.

– Zut !

Elle quitta la cuisine pour rejoindre le salon et y vaquer à ses occupations. Nous ne reparlâmes pas de cette histoire de lutin de toute la journée.

– Et s'il y avait vraiment un lutin, chez nous ? lança-t-elle alors qu'elle me rejoignait au lit.

– Encore cette histoire ?

– Attends, laisse-moi finir. L'autre jour j'avais perdu mon tube de rouge à lèvres, dans la salle de bains. Je cherche, je cherche, pas moyen de mettre la main dessus. J'ai regardé sous le lavabo, dans tous les tiroirs, dans la trousse de toilette, par terre : rien. Et là, juste quand je lève les yeux, il était posé *sur* le lavabo, bien en évidence, là où j'avais cherché dix-huit fois ! Tu ne vas pas me dire que ce n'est pas bizarre !

– Eh bien, je ne sais pas, ma chérie, tu auras mal regardé, voilà tout.

– Non je n'ai pas mal regardé rétorqua-t-elle en haussant la voix. Puis, plus bas : – Tu me prends pour une idiote ?

– Mais non, ma chérie.

– Mon tube de rouge à lèvre a mystérieusement réapparu là où il était, je te dis.

– D'accord, ma chérie.

– Tu n'as pas l'air de me croire...

Je soupirai.

– Bon, mettons, à titre purement hypothétique, que nous ayons bel et bien un lutin à la maison. Que veux-tu que j'y fasse ?

– Absolument rien, je voulais juste te le faire savoir, pour que tu ne t'étonnes pas.

Sur ce elle me tourna le dos et ferma les yeux pour dormir.

Avec le temps, j'en vins à convenir, pour plaisanter, que nous avions effectivement un lutin dans la maison. C'était une manière amusante d'expliquer tous les petits déboires domestiques que nous pouvions connaître. Tous nos amis étaient au courant des facéties de notre « hôte », et appelaient notre chez-nous « la maison du lutin. » Dès qu'un objet était perdu, on accusait le lutin. Une tartine renversée ? La faute au lutin. Un bruit indéterminé ? Encore le lutin.

Et en y repensant, il est vrai que nous avions un nombre singulier d'évènements de ce genre. Je fais par exemple une collection de produits dérivés des *Star Wars*. Hé bien une fois, ma superbe figurine de Dark Vador, qui tenait fièrement sur son étagère, sabre laser rouge en main, depuis près de cinq ans, tomba soudainement. J'accusai publiquement le lutin, tout en sachant que la faute en incombait aussi bien à l'âge, qui avait certainement rendu les chevilles de plastique un peu plus molles, qu'à une succession de vibrations mineures, allant du courant d'air aux portes qu'on claque. Ainsi, mon Dark Vador avait très probablement, de façon imperceptible, penché de plus en plus jusqu'à en perdre l'équilibre. Ce qui me chiffonnait, c'est que j'avais perdu une main de la figurine, qui s'était déboîtée sous le choc. Je la cherchai partout, mais peine perdue. Je poussai les meubles, regardai dans les moindres recoins, ratissai chaque mètre carré à la lampe torche : rien. J'évitai même de passer l'aspirateur dans la salle d'exposition un mois durant de peur d'avaler accidentellement la petite pièce. Eh bien, ladite petite pièce, je la retrouvai plusieurs semaines plus tard... derrière le Dark Vador que j'avais remis debout ! Comment avais-je fait pour ne pas la voir ? Je demandai à Veronica si c'était elle qui l'avait trouvée et reposée là, mais elle m'assura que non.

– Tu me fais une blague, c'est ça ? Tu me dis non pour me faire croire que c'est le lutin ou quelque chose comme ça ?

– Pas du tout chéri, je t'assure que non. Tu sais bien que je ne mets jamais les pieds dans ta salle d'exposition.

Et c'était vrai. Veronica n'avait jamais su apprécier ma passion pour cet univers. Elle considérait mes magnifiques articles, d'une grande valeur au demeurant, comme les jouets d'un enfant qui refusait de grandir. Soit. Je n'avais pas besoin d'elle pour apprécier mes précieuses pièces. Au contraire, c'était même plutôt là un plaisir égoïste. J'aimais venir dans cette grande salle, peuplée uniquement de Dark Vador, Boba Fett, Jabba le Hutt et autres Luke Skywalker, et les admirer, pièce par pièce, pendant de longues minutes. J'avais même fabriqué de mes mains un petit décor pour la plupart d'entre elles. Je me souviens de l'air réprobateur de Veronica, qui secouait la tête en soupirant, lorsqu'elle me vit donner forme à la plaque de polystyrène.

Mais ceci ne règle pas le problème du lutin. Ce ne fut d'ailleurs pas la seule occurrence. De menus objets disparaissaient en permanence, pour réapparaître quelques temps plus tard, bien en évidence. Veronica avait à cela une explication très simple :

– Ben oui, c'est un lutin ; il n'a pas beaucoup de force, alors il ne peut soulever que de petits objets.

CQFD. Rien à redire à la logique de la chose.

– Pourquoi crois-tu qu'il fait ça, à ton avis ?

– Hmmm ?

– Le lutin ? Il n'a rien de mieux à faire de sa vie que de déplacer des objets ?

Pour une fois c'était moi qui mettais ça sur le tapis. Veronica m'avait vraiment contaminé. Aussi bizarre que cela puisse paraître, je m'étais pris d'affection pour ce petit être imaginaire.

– Je n'en sais rien, répondit-elle. – Peut-être qu'il s'ennuie, ou que c'est dans sa nature de faire des farces. Je ne suis pas lutinologue.

Et maintenant la voilà qui parlait comme moi. Dans une attitude toute veroniquienne, je décidai de me renseigner sur le sujet. Entre les encyclopédies fantaisistes et Wikipedia, je ne sus que faire des informations en ma possession. Voici ce que je découvris sur ces petits êtres qui ont inspirés Tolkien pour créer ses elfes : génies tutélaires, ils apportaient prospérité et bonheur aux habitants de la maison qui prenaient soin d'eux. Ils volaient par exemple divers objets, de l'or ou des céréales, pour les rapporter au foyer. Toutefois, si on leur manquait de respect ou si l'on oubliait de les nourrir, ils pouvaient se montrer aussi nuisibles qu'ils avaient été bénéfiques. J'en parvins donc à la conclusion que notre lutin domestique tentait par-là de manifester discrètement sa présence, ou alors son mécontentement pour notre négligence. Me sentant totalement stupide, je plaçai le soir-même un petit bol de lait au pied de la table de la cuisine.

Le lendemain, personne n'y avait touché.

– Peut-être qu'il n'aime pas le lait, me dit Veronica, le plus naturellement du monde. – Essaye avec de la bière.

Mais l'idée d'avoir un lutin, déjà facétieux au naturel, totalement ivre, ne m'enchantait guère. J'en conclus qu'il était trop tard pour faire la paix avec le petit être, et que celui-ci continuerait de nous régaler de ses facéties l'éternité durant. D'ailleurs, question : le lutin était-il attaché à la maison, ou nous suivrait-il en cas de déménagement ? Je n'eus jamais l'occasion de le découvrir.

Avec le temps, notre lutin fictif fit partie intégrante de notre vie. Lorsque j'égarais quelque chose, j'intimais tout haut, à l'attention de la créature, l'ordre de me ramener séance tenante mes effets personnels.

– Je vais fermer les yeux pendant 10 secondes. Quand je les rouvrirai, j'espère bien retrouver ce que tu m'as pris ! disais-je habituellement. Bien entendu, le lutin était plus malin que ça, et ne me ramenait mes affaires que bien plus tard, lorsque l'envie lui prenait. J'imaginai le petit être vert (oui, vert, tout le monde sait que les lutins sont verts), vêtu de mauve (pourquoi mauve, je n'en savais rien) qui se riait de moi, sous cape.

C'était devenu un vrai jeu avec Veronica, et nous nous amusions beaucoup. Puis, un beau jour, nos affaires arrêtèrent de disparaître. Ou bien, à tout le moins, elles ne réapparaissaient pas là où l'on avait cherché des heures durant. Si j'égarais mon stylo, je le retrouvais quelques minutes plus tard sous le bureau. Si Veronica perdait son élastique à cheveux, elle mettait la main dessus dans le petit espace entre le lavabo et le mur.

– Peut-être qu'il a finalement mis les voile, suggéra ma chère femme.

– Ou alors il est mort. Ca vit vieux, un lutin ?

Elle leva les yeux au ciel. Je soupçonnais toutefois le petit être de nous avoir joué une dernière facétie avant de nous quitter ; l'évier de la cuisine était totalement bouché. Une eau salasse flottait dans le bac, répandant une odeur nauséabonde. J'achetai une bouteille de déboucheur liquide à la supérette du coin, la vidai en entier dans la décoction putride, et attendis. Rien. Réitérai l'expérience. Toujours rien.

– Le petit saligaud n'a pas dû y aller de main morte, pestai-je en me retroussant les manches, m'apprêtant à dévisser le tuyau d'évacuation.

L'infâme liquide s'écoula rapidement dans le bac que j'avais placé en dessous, éclaboussant allègrement mon pantalon – heureusement que j'en avais enfilé un vieux tout usé. Alors que je levai le coude en plastique à la lumière du jour pour voir ce qui faisait barrage, m'attendant à trouver une bague, un capuchon de stylo, ou que sais-je encore, je ne vis qu'une infâme bouillie verdâtre, à moitié solide, avec quelques morceaux mauves, et d'autres jaunâtres. Je jetai en plissant les narines cette immonde mixture, revissai le tuyau de plastique, et oubliai totalement l'incident.

Toujours est-il que, depuis lors, Veronica et moi n'avons plus vu aucun signe du lutin. Eh bien, croyez-moi ou pas, mais j'éprouvai durant de longues semaines un pincement au cœur.

.

QUELQUES
SUGGESTIONS

Vous êtes arrivé(e) à la fin du livre ! Vous avez apprécié ma plume ? Alors pourquoi ne pas poursuivre votre lecture avec Misanthropolis, un roman d'ancitipation prenant place dans une société déshumanisée à l'extrême où "consommation" est le maître mot et où l'être humain n'est plus qu'un produit ? Vous le trouverez sur Amazon ici : _bit.ly/misanthropolis_

Vous êtes plutôt Fantasy ? Alors je vous propose de découvrir L'Honneur des Midlander, le premier tome d'un récit épique transposant librement la mythologie nordique dans un monde barbare, brutal et sombre, qui devrait séduire tout fan de Game of Thrones, de The Witcher ou du

Seigneur des Anneaux. Également sur Amazon :
bit.ly/honneurmidlander

Si la lecture de ce recueil vous a plu, accepteriez-vous de laisser une review sur Amazon : bit.ly/HistoiresMacabres ? Le système de reviews étant crucial au succès d'un livre, vous m'apportez une aide précieuse dans ce fantastique voyage qui est le mien. Merci par avance, de tout cœur.

De plus, vous pouvez rejoindre mon cercle de lecture ici : http://bit.ly/nouvelle-offerte. Une fois par mois, je partage avec vous des histoires qui me sont chères, sans compter que vous serez prévenu(e) avant tout le monde de chaque nouvelle sortie ou promo. Oh, et en bonus je vous offre une nouvelle de Fantasy viking exclusive, qui n'est disponible nulle part ailleurs. Et si ce n'est pas votre tasse de thé (ou plutôt votre corne d'hydromel), il vous suffit de ne pas la télécharger ; vous recevrez ma missive mensuelle dans tous les cas.

Retrouvez-moi aussi <u>sur Facebook</u>, où je partage tout un tas de choses en rapport avec les univers Fantasy, fantastique et Anticipation / SF.